KB262739

나도 때로 울고 싶다

나도 때로 울고 싶다

주경 스님

불광출판사

<< **차 례** >>

【 1장 】

수행하는 자

나는 행복한

【 2장 】

사랑
아름다운
인연

【 3장 】

이 도 그
야 반 리
기   운

【 4장 】

더불어 함께

나에게 '불교와의 만남'은 최고의 인연이었고, '출가'는 최선의 선택이었다. 가끔 주변 사람들이 말하듯이 어쩌면 나는 전생에도 '스님'이었을지 모르겠다.

　청소년 시절 나는 '정말 평범한 인생'을 살고 싶어 했었다. 내 스스로의 힘과 노력으로 내 하루의 끼니와 머물 곳을 책임지며 살고 싶었다. 한 여인을 만나 가정을 꾸리고 평범한 인생을 위해 집을 떠나고 싶었다. 그래서 '가출'을 꿈꾸기도 했었다. 그러나 아무리 생각해도 '평범한' 삶은 없었다. 모두가 다 특별한 삶이라는 생각이 들었다. 그런 희망이 불교의 인연을 만나면서 바뀌어 갔다. 경전을 읽으며 접한 '늙고 병든 부처님'의 인간적인 모습은 나도 그 길을 걸을 수 있다는 가능성과 기대를 품게 했다. 결국 집을 떠나고 싶은 '가출'에의 바람은 출가의 길을 선택하는 것으로 귀결되었다.

　때로 사람들에게 농담 삼아 하는 말이 있다. "나는 내 인생에서 아쉽거나 부족하다고 생각해 본 것이 없다. 그러나 대학을 졸업하자마자 출가한 까닭에 월급봉투 한 번 못 받아보고, 맞선 한 번 보지 못했다. 그것이 가장 큰 아쉬움이라면 아쉬움이다."

청소년 시절 읽은 로버트 프로스트의 시 '가지 않은 길'을 때때로 떠올려 보곤 한다.

노란 숲 속에 길이 두 갈래로 났었습니다.
나는 두 길을 다 가지 못하는 것을 안타깝게 생각하면서,
오랫동안 서서 한 길이 굽어 꺾여 내려간 데까지,
바라다볼 수 있는 데까지 멀리 바라다보았습니다.

세상사는 늘 선택의 연속이다. 그러나 그 선택이 무척 중요하고 큰 변화를 일으키는 경우가 있다. 인생의 방향을 결정하는 선택이 그렇다. 두 길을 다 갈 수는 없다. 그래서 가지 못한 길에 대한 미련과 아쉬움이 남곤 하는 것이다.

어느 비구니 스님의 이야기가 생각난다. "저는 출가한 지 10년이 다 되었는데도, 아직 꿈을 꾸면 댕기머리 소녀로 있을 때가 있어요. 아직 세상에 미련이 남았나 봐요." 신기하게도 나는 출가한 순간부터 꿈에도 '승려'의 모습으로 보였다. 그렇지만 나에게도 세상의 인연이 많이 남은 모양이다. 시시로 때때로 세상의 인연에 걸리는 것을 보면 말이다.

어느 여대생이 짓궂은 질문을 던졌다. "스님, 스님은 예쁜 여자를 보면 결혼하고 싶은 생각이 들지 않나요?" 그 질문의 맹랑함이 일면 당황스럽게 한다. 솔직히 대답한다. "왜 안 그렇겠어? 마음보다 눈이 먼저 끌리고, 저렇게 예쁜 여자와 결혼하면 좋겠다는 생각이 들기도 하지." "그러면 왜 결혼 안 하세요?" 아주 작심을 하고 몰아붙인다. "그래, 그렇지. 그런데 그 순간이 지나면 다시 나의 선택이 잘한 길이고, 얼마나 다행인가 다시 생각하게 되지. 그런 흔들림이 몇 번 지나가면 마음이 점점 단단해 지곤 하지."

출가도 사회의 일부분이다. 부처님께서 계시던 과거부터 현재까지 출가는 사회와 단절된 세계가 아니다. 적당한 거리를 유지하며 서로가 이익이 되고 도움이 되는 밀접한 관계를 맺고 이어왔다. 특히 현대사회에서는 더 이상 출가의 삶이 관념적인 은둔과 격리의 영역이 아니다. 오히려 알몸을 보여주듯 출가사회의 구체적인 삶의 모습들이 대중매체를 통해 낱낱이 드러난다. 출가사회에 대한 세상의 요구도 다양하게 밀려온다. 이제는 대부분의 스님들이 산사와 세상 사이에서, 또는 세상 속에서 출가인의 삶을 살아야 한다. 깊은 산속에서 솔잎과 이슬을 먹고, 단절된 세계에서 고고하게 사는 수행자의 이야기는 그야말로 꿈같은 이야기일 뿐이다.

10여 년 전 인도여행을 다녀온 뒤로 늘 걸망을 챙기는 마음을 지니고 산다. 그 여행에서 만났던 한 일본 친구로부터 "여행자는 하루 종일 지고 다녀도 부담스럽지 않을 만큼의 짐이 좋다."는 말을 듣고 느낀 바가 있었기 때문이다. 내 인생에 스스로 지고 다닐 만큼의 짐만 가지는 것, 작은 것에 만족하고 욕심 없음에 자유로운 소욕지족과 무욕자재의 삶이 바로 가벼운 걸망에 있다고 생각하기 때문이다.

세상과 만나는 공간에서 때로 사람들에게 설법과 강의를 하고, 이런 저런 생각을 신문이며 잡지에 써왔다. 그런 원고가 모여 한 권의 책을 낼만 한 분량이 되었다. 세상사 이야기만도 아니고, 순수한 산사의 이야기만도 아니다. 더러 사람들이 궁금해 하는 산사의 일면과 수행자들의 삶의 모습 을 조금씩 보여주기도 하고, 산에 사는 사람의 눈으로 보는 세상 이야기들 도 있다. 다만 산사에 사는 젊은 승려의 시각과 목소리가 조금이라도 세상 과 통하고, 세상에 이익이 되었으면 하는 바람으로 책을 엮게 되었다. 나에 게 최초로 글을 쓰게 한 월간 「불광」과 불광출판사에 감사드리며, 행여 이 책이 승가와 불보살님 전에 조금이라도 누가 되지 않기를 바란다.

2008년 봄 부석사에서
주경 합장

나는 행복한 수행자

때로 사람들은 궁금함을 참지 못하고 묻곤 한다.

"스님, 왜 출가하셨어요?"

쉽게 할 수 없는 질문이지만 대단한 용기를 내서 던지는 질문이다.

그러면 나는 아주 쉽게 대답을 하곤 한다.

"좋아서요, 이 길이 내가 가장 먼저, 제일로 가고 싶은 길이기 때문에요."

나의 출가 인연 이야기

"내, 기어이 이럴 줄 알았다."

어머니께서 눈물을 흘리며 탄식하며 하시는 말씀이었다. 이 말씀으로 어머니는 그렇게 말리고 싶던 셋째 아들의 출가를 허락하신 것이었다. 고등학교에 들어가면서부터 두 시간이 넘는 거리의 절을 한 주도 빠지지 않고 열성으로 다니는 두 아들이 내심 염려스럽던 어머니였다. 그래도 설마하며 지켜보시고, 때로 아들들이 다니는 절에도 한 번씩 걸음을 하시곤 하셨다. 어쩌면 이런 일이 있을 것을 미리 예감하셨는지도 모르겠다. 그래서 당신 나름대로 아들 들이 다니는 절에 인연을 맺었던 것이다. 결국 붙잡지 못했지만, 혹시라도 있을 출가의 인연을 말릴 수 있는 명분을 찾으려고 하셨다.

우리 집안은 불교집안이었다. 하지만 당시 대부분의 가정이 그렇듯 어머니가 대표로 절에 다니시고, 나머지 식구들은 그저 '우리는 불교구나' 라는 생각만 가진 심정적 불교인들이었다. 어머니는 매년 해가 바뀌면 정초불공을 다녀오시곤 했다. 그 때는 절에서 불공 올린 과일과 떡을 가져와서 아들들에게 빠짐없이 한 쪽씩 먹이셨다. 그 음식들을 먹임으로 해서 아들들이 건강하고, 영리해지는 어떤 영험이 있지 않을까 생각하신 듯하다. 그렇게 절에서 가져온 음식을 나누어 먹는 것이 우리가 맺은 소박한 불교와의 인연이었다.

초등학교 때 어머니를 따라 절에 같이 간 적이 있었다. 꽤나 낯설고 먼 길이었다. 갑자기 동화에 나오는 '깊은 숲 속에 버려진 아이'의 이야기가 생각이 났다. 그래서 주위의 경관과 사물들을 유심히 관찰하기도 했다. 혹시라도 어머니를 놓칠까 봐 불안한 마음에 어머니의 옷자락을 잡고 가기도 했다.

그렇게 도착한 절은 신기한 것이 많았다. 향냄새 가득한 도량과 울긋불긋한 단청이 칠해진 전각들, 금빛 불상과 무서운 신중탱화 등등. 법당에 들어가서 수없이 절을 하시는 어머니를 기다리며 한참을 밖에서 기다렸다. 그 때 마침 아픈 사람이 와서 침을 맞는 모습을 볼 수 있었다. '절에서 침도 놓네.' 마냥 신기하기만 하였다.

절을 마치고 법당에서 나온 어머니께 이런저런 많은 질문을 던졌다. "왜 이렇게 알고 싶은 게 많아? 나중에 크면 다 알게 될 거야." 몇 가지 질문에 대해서는 대답을 해주셨지만, 쏟아지는 질문에 다 답을 할 수 없었던 어머니의 맺는 말씀이었다. '정말 크면 다 알게 될까?' 속으로 의문을 품고 집으로 돌아왔다.

중학교 3학년 초파일을 앞둔 어느 날 TV에서 신기한 장면을 보게 되었다. 교복을 입은 남녀학생들이 법당에서 절을 하고 있는 것이었다. 한 번도 상상해 본 일이 없는 장면이었다. '와~, 학생들이 교복 입고 부처님께 절을 하네. 정말 신기하다.' 일요일이면 성경책을 옆에 끼고 교회에 가는 학생들은 더러 보았지만, 학생들이 절에 다닌다는 것은 놀랍고 새로운 사실이었다. 그러나 그 놀랍고 새로운 사실은 곧 나에게도 직접적인 현실이 되었다. 고등학교에 입학하고 바로 작은 형을 따라 절에 다니게 되었던 것이다.

당시 우리 가족들은 아무도 몰랐지만 작은 형은 불교학생회 활동을 하고 있었다. 평소 형은 상당히 활동적이고 친구가 많았다. 그리고 놀기도 좋아하고 적극적인 성품이라 절에 다닌다는 것이 무척 의아했다. 하지만 내가 절에 다니면서 그 의문은 곧 해결되었다. 절에 다녀보니 불교학생회 활동을 하는 것 자체가 무척 진취적이며 활동적인 영역이었던 것이다. 그렇게, 어쩌면 내 인생에 가장 중대한 인연인 불교학생회와 인연을 맺게 되었다.

나의 고교시절은 불교학생회 활동으로 인해 보다 즐겁고, 의미 있었다. 절에서 만난 친구들도, 스님들도, 부처님의 가르침도, 산도, 절도, 집에서 두 시간이나 걸리는 먼 거리조차 모두 아름답고 기쁜 인연들이었다. 3학년에 올라가 대학입시 준비로 절에 가는 횟수를 줄이기까지 주말이면 절에 가는 일을 빠진 적이 없었다. 방학 때는 수련회에 가고 철야정진과 봄가을 야외법회, 고아원 위문, 봉사활동 등 모임이 있을 때마다 거의 빠짐없이 참석했다. 부모님의 반대를 무릅쓰고 공업고등학교에 진학한 것이 정말 마음 놓고 절에 다닐 수 있는 좋은 환경이 되었다.

법회 때 듣는 스님들의 법문은 어떤 철학이나 종교의 가르침보다 멋지고 매력적이었다. 불교서적을 읽을 때면 '이런 세계도 있구나.' 라는 놀라움과 동경의 마음에 잠을 이루지 못할 때도 많았다. 머리를 깎을 인연이 되려고 그랬을까. 스님들의 깨끗하게 삭발한 머리와 단정하면서도 고고한 가사장삼은 정말 어떤 복장보다 더 멋들어져 보였다.

고등학교 3학년 때, 대학입시를 위한 공부에 바쁜 가운데서도 나의 대부분의 고민과 관심은 '가출'에 집중되었다. 아니 가출보다는 '독립'이라는 표현이 더 정확하겠다. 집을 나가고 싶은 강렬한 열망으로 잠을 이루지 못할 때가 많았다. 그냥 집을 나가는 가출이 아니라 완전하게 자유로운 삶을 살아가는 독립적이며 완성된 삶의 틀을 가지고 싶었다. 내 스스로의 힘으로 하루라도 빨리 내 인생을 책임지며 살고 싶었던 것이다. 공업고등학교를 다닌 덕분에 기능사 자격도 얻었고, 신체 건강하여 어떤 일이든 할 수 있다는 의욕이 넘쳐났다. 뭐라도 못할 일이 없을 것 같았다. 지금 생각해도 그 때의 나는 왜 그렇게 의욕이 넘쳤는지 알 수가 없다.

집에 있을 때 어머니와 나누는 대부분의 대화는 나의 가출 또는 출가에 대한 이야기였다. "절에 가서 살아보고 싶어요." "왜 그런 쓸데 없는 생각을 하니?" "제일 하고 싶은 일이 그거예요." "안 돼! 하고많은 일 중에 왜 출가야." "그래도 말릴 수 없어요." 대화가 진행될수록 나의 출가에 대한 생각과 결심은 보다 구체적으로 변해갔다.

어머니께서는 점점 확실해지는 아들의 가출에 위기를 느끼곤 하셨다. 어쩌면 포기해야 할지도 모른다는 불안감을 더욱 강하게 느끼셨던 모양이다. 때로 아들의 얼굴을 쓰다듬으며 깊이를 알 수 없는 진한 한숨과 함께 눈물을 보이곤 하셨다. 그러나 어머니의 이런 불안감은 다행인지 불행인지 아들의 대학 진학과 함께 자연스럽게 사라져 버렸다. 대학에 입학하고는 전혀 가출에 대한 기색이 없었기 때문이다.

공부에 만족할 만한 성취를 얻지는 못했지만 아쉬움 없는 대학생활이 끝나가고 있었다. 대학생활의 즐거움에 흠뻑 빠져 친구들 다 갔다 오는 군 입대도 미루었다. 학생운동에 몰두하기도 했다. 그래서 어찌 보면 파란이 적지는 않았다. 시위와 관련되어 경찰서에도 드나들었다. 보호실에서 꽁보리밥 먹는 것도 나중에는 이력이 붙을 정도였다. 담당 형사도 있었다. 너무나 상식적이며 보편적인 주장과 요구, 그리고 정당한 행위에 대한 부당한 처사며 탄압이었다. 대학생활 최대의 화두는 '왜 우리는 상식적으로 살 수 없는가.' 였다. 상식적으로 살고 싶었다.

아버님의 아들에 대한 요구도 점점 바뀌어 갔다. 1학년 때, "시위에 참가하지 마라." 2학년 때, "시위는 해도 주동은 하지 마라." 3학년 때, "주동하더라도 잡혀가지 마라. 도망가라" 4학년 때, "제발 졸업만이라도 해라." 그래도 다행스러운 것은 부모님께 학사모는 씌워드린 것이다.

졸업 이후 군문제가 남았다. 그동안 '뭘 하는 게 가장 의미 있는 일일까?' 불안정한 미래를 앞두고 다시 '가출' 이 화두로 떠올랐다. 이미 거의 끝까지 해본 고민이었다. 그래서 그럴까 쉽게 '출가' 의 결심이 확고해 졌다. 내가 가장 먼저 할 일이 있다면 출가라는 생각 외에는 다른 길이 보이지 않았다. 졸업식을 앞두고 하나하나 짐을 정리하기 시작했다. 부모님을 비롯한 형제들의 분위기는 사뭇 편치 않았다. 고등학교 졸업 무렵에도 저러더니 또 저런다고. '제발 평범하게 살라.' 는 가족들의 회유와 압력이 끊이지 않았다. 그러나 본래 고집이 세어서 하고자 하는 일을 누구도 말릴 수 없었다. 이건 '내 나름대로의 지극히 상식적이고 평범한 인생' 이었다.

때로 사람들은 궁금함을 참지 못하고 묻곤 한다. "스님, 왜 출가 하셨어요?" 쉽게 할 수 없는 질문이지만 대단한 용기를 내서 던지는 질문이다. 그러면 나는 아주 쉽게 대답을 하곤 한다. "좋아서요, 이 길 이 내가 가장 먼저, 제일로 가고 싶은 길이기 때문에요."

속가 시절 누구보다 적극적이고 활발하게 살았다. 그래서 내 스 스로도 주변 사람들도 오래도록, 또는 평생을 절에서 수행자로 살지는 않을 거라는 생각을 가졌다. 세상에는 할 만한 일도 많고 산중의 삶은 나의 열정과 인생을 품기에 부족함이 있을 거라고 여겼던 것이다. 그 러나 세상 어디에도 '이 길'보다 더 멋있고 의미 있는 길을 찾아볼 수 가 없다. 나는 정말 최고의 길에 서있고, 최상의 선택을 한 것이다. 그 리고 나는 지금 사춘기 때부터 내가 그토록 찾아 헤매던 정말 '상식적 이고 평범한 인생'을 살아가고 있다고 생각한다.

발 밑을 살펴보라

또르륵 딱…또르륵 딱…똑…독…… .

목탁소리가 점점 커지면서 도량송이 시작되면 대중 방에는 불이 켜지고, 대중스님들은 잠자리를 정리한다.

새벽 세 시. 닫혔던 문을 활짝 열고 맑은 새벽 공기를 큰방에 가득 들이운다. 청소 소임을 맡은 스님들은 방을 쓸고, 걸레를 빨아 와서 바닥을 닦는다. 대중스님들은 조용히 세면을 마치고 예불 준비에 들어간다.

법당 소임을 맡은 스님들은 다른 스님들보다 일찍 가사와 장삼을 수하고 법당으로 향한다. 도량송이 끝나고 목탁이 내려지면 새벽 종소리가 도량에 은은하게 깔린다.

"원컨대 이 종소리가 법계에 두루하여 철위지옥의 짙은 어둠을 다 밝히고, 지옥·아귀·축생의 고통을 여의어 일체의 중생이 바른 깨달음을 이루게 하여 지이다."

종소리와 더불어 게송을 외우는 스님의 음성이 청아하게 이어진다. 종송이 끝나고 법고가 울리기 시작하면 대중스님들은 모두가 가사 장삼을 수하고 한 줄로 나란히 선다. 대중이 다 모이면 맨 뒤에 선 스님의 손뼉소리를 신호로 스님들의 행렬은 조용히 법당으로 향한다. 스님들의 행렬을 기러기 안(雁)자에 행할 행(行)자를 써서 안행이라고 하는데 이것은 기러기가 줄지어 날듯이 한 줄로 흐트러짐이 없이 행동하는 것을 비유해서 하는 말이다.

법당에 이르면 신발을 가지런히 벗어놓고 각기 정해진 자리에 가서 선다. 맨 뒤에 들어오는 스님은 앞사람의 신발이 행여 비뚤어지지 않았는지 확인하고 잘못 되었으면 바로잡아 놓고 들어온다.

"발밑을 살펴보라."

사찰에서 스님들이 거주하는 곳을 요사채라 한다. 이 요사채의 기둥 하단에는 대부분 이 말이 한문으로 적혀 있다. 신발 하나를 벗어도 수행하는 마음을 흩트리지 말라는 선배스님들의 간절한 경책이 댓돌 위에까지 사무쳐 있는 것이다.

대중스님들이 다 자리에 서면 상석에 자리한 스님에 맞추어 함께 삼배를 올리고 무릎을 꿇고 앉는다. 숨소리도 들리지 않는 정적이 흐른다. 범종각에서는 종소리가 울려온다. 이 세상, 천상, 지옥의 온갖 중생이 법고소리, 종소리, 목어소리, 운판소리가 울리는 중에 모든 고통을 쉬고, 잠시라도 부처님을 생각하며 참회의 마음을 내어 바른 업을 지을 수 있는 공덕이 되는 것이다. 법당의 소종을 마지막으로 올린 후 대중은 예불에 들어간다.

선창하는 스님의 오분향 창불이 끝나고 대중이 다함께 예불한다.

지심귀명례(至心歸命禮)…

지극한 마음으로 목숨 바쳐 예배합니다….

도량을 돌면서 염불하는 스님과 법당의 작은 종을 치면서 염불하는 스님, 그리고 선창으로 예불을 이끄는 스님 외의 대중스님들이 새벽에 잠을 깬 뒤 처음으로 내는 소리다.

"부처님을 모시고 사는 수행자들이 처음으로 내는 소리가 부처님을 찬탄하고 중생들이 참다운 가르침에 들도록 기원하는 소리보다 더 가치 있는 것이 있을까."

대중처소에 들어 생활하면 묵언하기를 일러주는 선배스님의 말씀이다. 출가 수행자로 사는 것은 본인의 해탈만을 위하는 게 아니다. 수행한 정진력을 중생에게 회향해야 하고, 이러한 정진과 회향을 위하여 스님들은 장엄한 위의를 익히고 지녀야 하는 것이다.

사람들은 스님들의 생활이 한가하고 자유로울 거라고 생각하는데, 결코 그렇지 않다. 부처님의 법을 배우는 제자가 된 몸으로 어떻게 한가하기를, 자기 몸 편하기를 추구하겠는가.

예불을 드림에 있어서도 통일되고 장엄한 위의를 갖추기 위해서는 수많은 시간을 배우고 익혀야 한다. 가사와 장삼을 수함에도 법도대로 익혀서 하는데, 손짓 하나도 틀림이 없이 동일하게 행해야 한다. 철이 바뀔 때마다 대중스님이 모두 모여 가사, 장삼을 수하는 법에서부터 합장하여 절하는 법, 발우 공양하는 법을 다시 점검하여 익히고, 부족한 부분이 있으면 날을 정해 완전해지도록 연습한다. 어떤 사람은 밥 먹고 옷 입는 데 무슨 법도가 필요하고 격식이 소용 있느냐고 말하기도 한다. 그러나 다시 생각해 보라. 밥 먹고 옷 입는 법도 제대로 익히지 못한 사람이 무슨 일을 하겠는가.

속가에도 '수신제가치국평천하(修身齊家治國平天下)'라고 하여 몸가짐을 단정히 하고 집안을 가지런히 하여야 나라를 다스리고 천하를 평정할 수 있다는 말이 있다. 작은 것을 소홀히 하면서 큰일을 어찌 성취할 수 있겠는가.

숲을 보되 나무를 보지 못해서도 안 되고, 나무를 보되 숲을 잊어서도 안 된다. 예불 드리는 순간의 작은 몸가짐 하나에도 가벼운 마음을 내지 않고, 마음으로 부처님과 보살님들의 큰 서원을 품어 끝없는 구도의 길을 성취하는 것이 수행의 길이다.

예불을 마치고 한층 빛이 옅어진 하늘을 바라보며 대중 방으로 돌아와 경상 위의 경전을 소리 내어 읽는 스님들의 음성이 도량에 가득하다. 더불어 살아서 얻는 이익과 고마움이 더욱 크게 느껴진다.

목탁을 치다가 졸다

입산하여 출가 생활을 하는 과정에서 많은 스님들이 가장 소중하게 생각하는 시간을 꼽으라면 행자 생활과 강원에서 경을 보는 기간이라고 한다. 나는 몇 년 동안의 본사 생활과 군입대 관계로 비구계를 받고 강원에 갔다. 그때 같이 공부하던 도반스님들이 이미 공부를 시작하고 있던 중간에 입방을 하게 되어 개인적으로도 미안함이 적지 않았다. 그런 까닭에 처음부터 약간의 부담을 안고 생활하였다.

입방한 순서에 따라, 철철이 새로 소임을 정하는 원칙에 따라 가장 늦게 방부를 드린 나는 조금 어렵고 궂은 소임을 맡을 수밖에 없었다. 2학년에 해당하는 사집반에서 법당의 목탁을 치는 소임을 맡는다.

방학과 불사로 인해 휴강이 잦은 해제 철에는 별 부담 없이 소임을 맡지만, 결제 철에는 엄격한 대중 생활과 보름마다 삼백 명이 넘는 대중이 모이는 법회와 포살이 있어 다들 목탁 치기를 꺼려한다. 설사 소임을 맡아도 두세 번 실수를 하게 되면 대중을 불편하게 한다 하여 소임을 지속하기가 어려운 상황이 된다.

원래 낙천적이기도 하고 늦게 대중에 들어온 죄(?)로 궂은 소임을 마다하지 않았던 까닭에 나는 사집반 여름 결제철의 법당 목탁소임을 맡게 되었다. 법회 중에 가끔 조는 일을 제외하고는 큰 탈 없이 한 철 소임을 무사히 마칠 수 있었다. 물론 도반스님들의 보이지 않는 도움이 많았기에 가능한 일이었다.

그런데 해제를 하고, 소임을 바꾼 지 며칠 되지 않아 후임으로 법당 소임을 맡은 스님에게 일이 생겼다. 결국 전임자인 내가 하루 동안 목탁을 치게 되었다. 일은 그 날 벌어지고 말았다. 그 날은 대중의 울력이 있어 하루 종일 뙤약볕 아래에서 일을 하고, 저녁 예불 때에는 온 대중이 심한 피로에 지쳐 있었다. 그런 날은 대중 소임자의 재량에 따라 예불 뒤 금강경 독경을 쉬기도 하는데, 그 때의 소임자는 꽤나 고지식한 스님이라 예외를 두지 않았다.

지친 몸에 배부르게 먹은 저녁 공양 탓에 평소에도 잘 졸던 나는 금강경 독송을 위해 목탁을 칠 때에는 거의 견딜 수 없는 졸음에 시달리기 시작하였다. 목탁을 치다가 깜빡 졸음에 빠졌다가 번쩍 정신을 차리기를 두세 번 했을까, 옆자리의 스님이 허벅지를 툭툭 찔러 경고를 했을 때에는 이미 걷잡을 수 없는 상황이 벌어져 있었다. 졸음에 빠져 고개가 숙여지는 순간 목탁소리도 같이 줄어드니 간경에 열중하던 스님들은 이상하게 느꼈고, 자연스레 목탁 치는 곳을 보니 졸면서 목탁을 치고 있는 내 모습을 본 것이다.

예불이 끝나고 대중 방에 내려와서 가사 장삼을 벗을 시간도 없이 찰중(察衆:대중의 허물을 살펴 시정하는 소임) 스님의 호출이 왔다. 스님은 껄껄 웃으며 피로한 까닭은 자신도 알겠지만 그래도 목탁을 치면서 조는 사람은 평생 처음 보았다며 황당함을 감추지 못하였다. 도반을 대신해서 목탁을 친 것은 고마운 일이나 짚고 넘어가지 않을 수 없는 일이라며 백팔 배 참회를 내렸다. 그날 지치고 피곤한 몸에 백팔 배를 하느라 애는 먹었지만, 그래도 그렇게 경책하며 살던 대중이 아직도 마음에 의지가 된다.

용맹 정진

결제 철이 되면 스님들은 새로운 마음으로 정진에 들어간다. 산중의 수행처에서는 산문 밖 출입을 삼가고 석 달 동안을 정진에 매진하며, 그 외의 기도처에서는 백일기도를 시작하고, 도심지의 포교당에서는 정진에 들어간 스님들의 의복과 음식을 공양하는 외호로써 복을 짓기에 힘쓴다. 승가라고 하면 많은 비구 스님들이 한 곳에 화합하여 머무는 것을 뜻한다.

이렇게 스님들이 모여 사는 모양 중에서도 강원과 율원과 선원이 다 갖추어진 곳을 총림이라고 하는데, 풀이 빽빽하게 가지런히 자란 것을 총(叢)이라 하고 큰 나무들이 숲을 이룬 것을 임(林)이라 함이니, 스님들이 한곳에 모여 사는 모습이 우거진 숲과 같다고 하여 이렇게 이름 지었다.

　참선공부를 하는 것은 부처님의 마음을 알고자 함이요, 경론을 배우는 것은 부처님의 말씀을 이해하고자 하는 것이고, 계율을 익히는 것은 부처님의 행동을 본받기 위함이다. 부처님의 마음이 말씀과 다를 리 없고, 보이신 바 행동이 말씀과 다를 바가 없는 것이나 공부하는 방법에는 차별이 있어 각각의 내용에 따른 수행법들이 있다.

　따라서 평소에는 각각의 방법대로 공부를 지어가지만 결제 중 7일 동안은 강원과 율원과 선원이 같은 장소에서 같은 방법으로 정진하게 된다. 이 기간이 용맹정진 기간인데, 석가모니 부처님께서 설산에서 육년간 고행하신 끝에 고행을 그만두시고, 마지막 용맹심을 발하시어 7일간의 용맹정진 끝에 대도를 성취하신 것을 본받아, 지금까지 전해오는 수행법이다.

　본래 부처님의 성도일인 12월 8일에 맞추어 12월 초하루부터 8일까지만 했었는데, 지금은 더욱 정진에 힘쓰기 위하여 여름 결제철에도 7월 초하루부터 8일까지 용맹정진을 하고 있다. 용맹정진에 들어가면 선방의 스님들이야 항상 정진하는 터라 따로 준비가 필요 없으나 강원이나 율원에서는 먼저 마음의 준비를 단단히 하여야 한다. 선방에 가서 용맹정진에 참여해야 하는 까닭에 선방스님들의 분위기에 맞추어 생활해야 하는 것이 가장 신경 써야 하는 점이고, 산중의 대중 백여 명이 모여서 정진에 임하는 고로 서로에게 불편을 주지 않도록 각별히 주의하여 정진에 들어야 한다. 또 강원에 방부를 들여 처음 용맹정진에 임하는 스님은 삼천 배 정진을 먼저 하여 방장스님으로부터 화두를 받아야 한다.

총림에서 첫 철을 나게 되는 스님은 반드시 용맹정진에 참여해야 하고, 정진에 들려면 화두를 들어야 하기 때문이다.

용맹정진에 들어가는 전날이 되면 저녁 예불을 마치고 정진에 참여하는 대중이 선방에 모여 좌차(座次: 출가한 순서에 따라 자리가 정해짐)에 따라 자리를 정하고 소임을 정한다. 정진 기간에 발생할 수 있는 사고를 예방하고 장애 없이 정진하기 위한 주의사항과 규율을 정하고 그에 따른 역할을 정하는 것이다.

다음날 새벽 도량목탁이 울리면 좌복을 들고 선방으로 향한다. 평소에는 오분향 예불을 드리고 천수경을 외우고 백팔 참회문을 읽으며 참회를 하는 것으로 새벽예불을 하지만 선방에서는 죽비를 쳐서 삼배로 예불을 마친다. 예불 시간도 줄여서 정진 시간을 확보하는 것이다. 평소 정진 때는 벽을 보고 정진하는 면벽 정진이 일반적이지만 용맹정진 때는 대중이 마주 보고 앉는다. 서로 정진하는 모습을 대중에 보임으로써 경책을 삼고자 하는 뜻이다.

총림의 용맹정진 전통은 자못 엄격하다. 15분 이내의 시간을 어길 경우 그 시간 정진은 서서 하는 것이 원칙이다. 정진 기간 중 무슨 이유에서든지 30분 이상을 빠지게 되면 강원의 학인이거나, 율원생이거나, 선원의 선객을 막론하고 산중에서 살 수가 없다. 정진장의 좌복을 치우고 걸망을 꾸려야 한다. 아주 짐을 싸야 하는 것이다. 하루 중 세 때 공양시간 세 시간과 청소와 세면을 위한 한 시간과 밤 11시 30분에서 12시까지의 죽 공양시간 30분을 뺀 19시간 30분의 정진 시간을 어겨서는 안 되는 것이다.

어느 해 겨울 율원의 한 스님이 공양 가는 길에 미끄러져 다리를 다친 적이 있는데, 병원에 가는 관계로 정진 시간을 어기게 되었고, 이 스님은 치료도 마다하고 스스로 걸망을 꾸린 적이 있다. 총림의 오랜 전통을 자신이 깰 수가 없기에 스스로 대중을 떠난 것이다.

이렇듯 엄격한 분위기 아래서 진행되는 관계로 초심자들은 어려움을 많이 겪게 된다. 고정된 자세로 오래 앉아 있으면 신체의 구석구석에서 저려오고 아파오는데, 이것을 풀어줄 여유도 없이 계속 정진하기 때문에 날이 갈수록 고통은 점점 심해진다. 흔히 참선하려는 사람은 육체를 조복 받아야 한다고 하는데, 좌선 자세가 몸에 익어지기까지 막혔던 피돌기가 새로운 길을 찾고 신체의 고통을 항복 받아 스스로 조절이 가능한 상태가 되는 것을 말한다.

보통 3일이 지나면 어느 정도 안정을 찾게 되나 그렇지 못한 스님은 매우 고통스러운 시간을 보내게 된다. 심한 경우는 대중의 허락 아래 잠시 기둥이나 벽에 기대어 정진할 수 있도록 하기도 한다. 『해인사 벽화 이야기』라는 책에 보면 칠불아자방에서 정진하는 모습이 있다. 여러 날을 자지 않고 정진하다 보면 피로가 쌓여 졸음에 빠지게 되는데, 정진하는 스님들이 여러 가지의 모양으로 졸고 있는 것을 벽화에 그려놓은 것이다. 정진이 잘 안 될 때는 차라리 졸음으로 그 고통을 달래보려고 하는 것이다.

정진함에 눈을 반쯤 감는 것에는 두 가지 이유가 있다. 첫째로 눈을 완전히 감게 되면 정신이 혼탁해지고 몽롱해져서 잠에 빠져들게 되는데, 잠을 자면서 정진할 수는 없는 까닭이요, 둘째로 눈을 완전히 뜨게 되면 온갖 사물이 눈에 들어와서 정신을 산란하게 하여 생각 생각이 꼬리를 물고 일어나 망상이 끊이지 않는 까닭이다. 따라서 눈을 반쯤 감아서 최상의 정신 자세를 유지하고자 하는 것이다.

부처님께서 깨치신 바 그 진실한 도리를 알고자 끊임없이 노력하는 중간에도 뜻하지 않은 마장이 생기곤 한다. 자세를 잘 유지하고 정진하던 스님이 느닷없이 쿵하는 소리와 함께 방바닥에 넘어지기도 하고, 어떤 스님은 갑자기 흐느껴 울면서 감정을 자제하지 못하는 경우도 있다. 이럴 때 정진하는 수행인이 그 정도 장애에 빠져서 어떻게 대도를 이루겠느냐는 어른스님의 따끔한 경책이 따르고, 대중들은 다시 더욱 용맹심을 내어서 정진에 임한다.

　이렇듯 많은 장애를 이겨내기 위하여 대중이 번갈아 가며 장군 죽비를 들고 경책에 임한다. 장군 죽비는 일반 죽비와는 달리 나무를 통으로 얇고 길게 깎아서 만든 것으로, 자세가 좋지 않거나 졸고 있는 스님을 깨우기 위하여 사용한다. 이 장군 죽비는 선방의 권위를 상징하는 것으로 정진에 중요한 법구다. 때로는 사나운 노호와 같이 따끔한 경책으로, 때로는 큰스님의 부드러운 손결같이 정진에 임하는 스님들의 친근한 도반이다.

　선방의 장군 죽비 소리가 끊이지 않고 이어지는 소리는 범부의 탈을 벗고 성인의 자리에 오르려 노력하는 스님들의 끝없는 정진의 몸짓과 다름 아니다. 올 여름에도 더위와 싸우며 묵묵하게 정진하는 스님들이 있으므로 부처님의 뜻은 더욱 살아 있는 것이다.

선방의 장군죽비 소리가 끊이지 않고 이어진다.
범부의 탈을 벗고 성인(聖人)의 자리에 오르려는 스님들, 그 끝없는 정진의 몸짓과 다름 아니다.
추운 겨울을 견디고 만개한 저 꽃처럼 치열한 용맹 정진으로 깨달음의 꽃을 피우리라.

5%의 변화만 나타나도
만족할 수 있겠다

출가하여 계를 받고 얼마 지나지 않아 수덕사에서 지낼 때, 은사스님의 발자국소리는 언제나 새벽의 도량 목탁소리보다 훨씬 큰 소리로 들려왔었다. 때때로 행여 나태함에 빠져 있을까 시봉들의 처소 근처를 지나시는 당신의 발소리였다. 아직 온전한 틀을 제대로 갖추지 못한 젊은 출가인을 향한 당신의 우려와 자상한 마음이자 경책이었던 까닭이다.

언제나 저 멀리에서 자박자박 걸어오시는 작은 발소리가 정말 우레처럼 귓전을 흔들곤 했다. 그 소리에 정신을 바짝 차려서 자세를 바로하고 있으면 어느새 당신은 발길을 돌리고 계셨다.

어떤 때는 과연 당신이 정말 우리 처소로 오시던 중이었나 의심이

가기도 했지만 사실은 오래 지나지 않아 확인이 되었다. 어느 날 심한 울력으로 몹시 지쳐 정말 새벽예불에 나갈 수 없을 만큼 피로와 수면이 심신을 옭매고 있었다. 그래서 스님의 발소리조차 듣지 못했을 때, 당신은 시봉의 방문 앞에 잠시 멈추어 나직한 음성으로 "주경아~" 하고 이름을 한 번 부르셨다. 그 순간 묵직한 피로와 아득한 정신은 벼락을 맞은 듯 사라져버리고 벌떡 일어나 깨어있는 황망한 나를 발견할 수 있었다. 과연 당신은 시봉들이 깨어있으면 멀리서 발길을 돌리고, 혹 산만하거나 깨어있지 않으면 가까이 다가와 발소리로 경책을 하셨고, 마지막에는 이름을 불러 깨쳐주셨던 것이다.

다양한 인연으로 출가를 하지만, 계를 받아 오래도록 대중에 남는 것은 강물이 바다에서 모이는 것과 같다. 출가의 정신과 삶에 동화되지 못하면 끝까지 남을 수 없다. 잠시 또는 얼마간 흉내는 낼 수 있을지 모르나 결국에는 자기가 갈 길을 가게 되는 것이다.

출가하여 오래지 않은 스님들이 모여 한담을 할 때가 있다. 그러면 다들 얼른 시간이 지나 구족계를 받아 선방에도 가고 국내외로 만행도 원하는 대로 하며 자기 뜻대로 자유롭게 살기를 바란다. 다 떨치고 집을 나왔다는 출가인도 얼마만큼 시간이 지나고 이력이 쌓여야 자기가 하고자 하는 일을 할 수 있는 힘이 생기기 때문이다.

어렵사리 강원을 마치고 한 1년 은사스님을 시봉하며 도심포교당에서 지냈다. 그리고 1년여 인도를 비롯한 동남아 불교국가들을 돌면서 원 없이 만행을 했다. 남방불교에 대해 새로운 이해도 생기고 스스로 수행의 인연도 지었다. 무엇보다 태국에서의 몇 달 동안의 그쪽 사찰경험과 탁발은 중노릇의 참 맛을 알게 해주었다. 귀국해서 숭산 큰스님을 모시고 선방에 철도 났고, 미국에 나가서 국제포교의 인연도 지어보았다. 정말 내 뜻대로 살 수 있는 신나고 힘나는 시간이었다.

세상사도 그렇고 출가사도 시간이 지나는 것은 크게 다르지 않다. 어렵고 힘든 시간은 길기만 하고 조금 여유가 있다 싶으면 쏜살같이 지나가 버린다. 불과 2~3년 정말 내 뜻대로 자유로운 시간이 그렇게 지난 것 같다.

1996년 미국에서 귀국하면서 수덕사 교무소임을 보게 되었다. 출가해서 10년이 지나면 당연히 살아야 한다기에 얼른 매 맞는 기분으로 소임을 맡았다. 그런데 이렇게 시작된 소임의 인연이 꼬리에 꼬리를 물어 포교원으로 총무원으로 이어지더니, 이제 종회의원으로 그 굴레를 더욱 단단히 하고 있는 것이다.

어떤 일이건 별로 걱정하거나 피하려고 하지 않는 성격 탓에 일이 닥치면 닥치는 대로 감당해 왔다. 조금 귀찮아도 내가 노력해서 일이 된다면 선뜻 나서곤 했던 것이 아주 이 길에 발을 깊이 적셔버린 것이다. 이제는 아무리 원치 않아도 행정승이니 사판이니 하는 소리를 피할 길이 없어졌다.

2000년 초부터 포교원 포교국장의 소임을 맡아 6년 가까이 종단 생활을 하였다. 스스로 정치적인 사람이라고는 한번도 생각해보지 않았다. 그저 사심 없이 나에게 주어진 일들을 잘 처리해가고 진심으로 사람들을 대하면서 지내왔을 뿐이다.

자리나 기회가 있었어도 흔히 말하는 부자 절 주지가 되려는 생각도 일으키지 않았고, 어울리지 않는 고급 승용차를 탐하지도 않았다. 총무원 주변에서 제일 옷을 못 입는 스님이라는 말, 또는 직원들로부터 차 좀 바꾸라는 소리를 들어도 걸림이 없이 지내왔다. 그 하는 일이 중요하지 옷이나 차가 무슨 관계가 있느냐고 그렇게 웃으면서 넘기고 지내왔었다.

작은 절 주지를 맡아 6년이 지나도록 늘 주말에만 절에 와있는 주지한테 큰 불만 없이 따라주고 믿어주는 신도들에게 항상 미안했다. 그래서 지난해 법장 큰스님의 영결식을 마치고 총무원 소임을 사직하고 서산에 내려왔다. 기도도 직접 하고 도량의 이 곳 저 곳 마음에 두었던 불사와 정리도 했다. 신도들을 모아 기초교리강좌와 경전강의 등 오랫동안 마음에 두었던 일들을 해왔다. 교도소법회도 나가고 초파일 행사도 합심해서 잘 치렀다. 그동안 서울을 오가느라 지역과 본사에서 할 수 없었던 빚진 일들을 조금이나마 할 수가 있었다.

2003년부터 운영해오던 템플스테이도 좀 더 전문화시켜 왔다. 전담자도 두고 프로그램과 시설 등 여건을 개선하려고 노력했다. 우리 절같이 특별한 문화재도 없고 관광객도 별로 안 오는 외딴 지역에서 사찰을 살려나가는 최고의 대안이라고 생각했기 때문이다. 처음 이 절에 왔을 때 공양주 노보살 한 명과 스님 두 명이 살던 도량이 이제는 평소 열다섯 대중이 살고, 주말이면 템플스테이 참가자로 활기가 넘치는 훈훈한 도량으로 변했다. 이렇게 산사에 살면서 최소한 밥값은 한다고 생각한다.

꼭 종회의원이 되어야겠다고 생각한 적은 없다. 다만 언제고 때가 오리라 여기고 지내왔었다. 사실 목소리와 권한 그리고 요구만 있는 듯한 종회의원보다는 일을 할 수 있는 실무 소임이 더 낫다고 생각해왔다. 하지만 며칠을 종회의원으로 지내보니 할 수 있는 일이 생각보다 많다. 크고 많은 일을 할 욕심은 없다. 다만 5%만 더 생각하고 5%만 더 노력하려고 한다. 그래서 결과가 5%의 변화만 나타나도 만족할 수 있겠다.

은사스님께서는 내가 소임을 맡고 나서부터 늘 '공심(公心)'을 말씀하셨다. 중노릇 하는데 자기 한 몸만 챙겨서는 안 된다고 하셨다. 불조에 떳떳하고 시주에 부끄러움이 없어야 하며, 공평무사해야 소임자의 책무를 다하는 것이라고 하셨다. 당신의 삶이 수행자로서 존경받고 신뢰받으며, 소임을 보실 때에도 정말 공심으로 사셨음을 자주 들었다. 때로 소임을 핑계로 수행에 나태해 질 수도 있고, 혹여 작은 사심이라도 들게 되면 자신도 망치고 소임도 성글게 되니 늘 걱정을 하시는 것이다.

이제는 은사스님의 발자국 소리나 음성이 벼락소리처럼 들리지는 않는다. 늘 긴장하고 깨어있어야 한다는 강박관념이 사라지고 조금 여유가 생긴 까닭이리라. 이제는 은사스님께 의지하기보다 스스로 책임지고 감당해야 한다. 하지만 그래도 늘 스님 앞에서는 초심 때의 그 자세가 본래 내 모습으로 여겨진다.

눈물을 흘리며 탄식하다

『선관책진』을 보면 중국의 선사 이암유권(伊庵有權) 스님께서는 하루 종일 힘써 정진하시다가 해가 저물어 저녁이 되면 반드시 눈물을 흘리면서 탄식하시기를, "오늘이 또 이렇게 헛되이 지나가니 내일 공부가 어떻게 될지 알 수가 없구나!"라고 하셨다고 한다.

날이 가고, 달이 바뀌고, 해가 지나감에 자신을 돌아보고 반성하지 않는 사람이 얼마나 있을까마는 이렇게 간절하게 자신을 돌아보는 사람이 얼마나 될까 싶다. 무릇 부모와 형제의 눈물을 뒤로 하여 수행의 길에 들어선 사람이 새겨들어야 할 이야기다.

도를 이루겠다는 마음 하나로 살아도 눈물로 지는 해를 탄식하는

데, 성글게 풀어 헤쳐진 마음으로 자신의 나태함도 제대로 다스리지 못하고, 잡다한 생활 속에 빠져 들어가 수행의 마음을 뒤로 접어둔 미진한 출가자에게 가슴 아픈 말씀이 아닐 수 없다.

수행하는 데 때와 장소를 가림이 무슨 소용이 있느냐는 불자들의 일상적인 말들은, 수행심을 버리지 않은 성근 신심에 작은 위안이 되어 주더라도 오롯한 수행력을 미처 지니지 못한 초심자에게는 먹기에는 달콤하지만 결국 몸을 상하게 하는 나쁜 음식과 같다.

강원을 마치고 은사스님을 도와 잠시 포교당에 몸담은 적이 있다. 좋은 뜻으로 시작한 일이지만 지나보니 여러 가지로 어설픈 것이 한두 가지가 아니다. 나름대로 책임 있는 법회를 보려고 애써 왔지만 굳은 정진력이 뒷받침되지 못한 까닭인지 지나고 나면 항상 후회가 따른다. 부처님 말씀에 처음도 좋고, 중간도 좋고, 끝도 좋은 법을 설하라 하셨는데, 스스로 정진하여 얻은 바 힘이 있어야 가능한 일이리라.

도시에 있는 까닭에 정진하는 스님들이 지나는 길에 잠시 들르곤 했는데, 항상 안타까운 마음으로 정진하기를 권하였다. 잠시 기한을 정하여 살고 있는 줄 알지만 그래도 정진에 전념하지 못하는 것이 못내 아쉬운 생각이 드는 모양이다.

얼마 전 갑사 대자암에 6개월간 무문관 정진에 들어간 사제(師弟)가 두툼한 편지를 한 통 보내왔다. 누런 갱지에 열 장 가까운 장문의 편지가 들어 있었다. 행자시절부터 공부에 대한 이야기를 많이 하곤 했고, 선방에 다니면서도 만행 철이 되면 함께 지내는 일이 많았던 사제다. 처음 어려운 시기를 넘기고 정진에 진보가 있다는 말과 함께 하루 속히 정진에 들라는 간절한 권유로 일관한 내용이었다.

젊은 나이의 포교당 살이를 그리 마땅하게 생각지 않으면서도 그래도 많이 이해해 주던 사람이었는데, 공부의 재미가 무르익어 가는 모양이다. 강원을 마치면서부터 계획해 오고 있는 인도 및 동남아불교의 편력 길도 간곡하게 만류하면서, 사제는 우리나라만큼 좋은 수행처가 어디 있고 또 지금 정진하는 것보다 더 급한 일이 있겠느냐며 구구절절 함께 정진하기를 권하였다.

평소 건강이 좋지 않아 선방에 한철 방부를 드려도 걱정이 되어 꼭 안부를 전하라고 당부를 하는 입장이었다. 그런데 이제는 오히려 입장이 바뀌었구나 생각하니 어쩐지 억울한 느낌이 밀려온다. 나는 건강을 걱정해 주었는데 사제는 내 공부를 염려해 주니 빚을 져도 단단히 진 것 같다.

처음 입산을 했을 때 낯선 천정을 보며 일어나서 가슴 시린 새벽 공기를 마시며 눈에 들어오듯 빛나던 새벽별을 바라보던 기억이 생생하다. 몸에는 피가 흐르는 것이 아니라 몸서리쳐지도록 차가운 냉수가 흐르는 듯 그렇게 맑고 상쾌할 수가 없었다.

·

법성게에는 "처음 마음을 낸 때에 바른 깨달음을 이룬다."고 했다. 처음 출가자가 되었을 때, 비록 머리를 깎지 않고 잿빛 승복을 입지 않았다고 하더라도 그때의 팽팽하게 긴장된 마음이 초발심의 순간인 듯싶다.

가끔씩 상념의 시간을 가질 때마다 초발심의 순간만큼 소중한 때가 없음을 절감한다. 그래서 많은 스님들은 초발심의 마음을 살려서 다시 발심하라고 하신다. 꾸준한 정진과 수행으로 초발심의 마음을 계속 지니지 못하고 홀연히 나락으로 떨어졌을 때는 과거의 초발심의 기억으로 살 것이 아니라 재발심하라는 것이다.

옛말에도 같은 돌에 두 번은 넘어질 수 있어도 세 번 넘어지면 어리석은 바보라 하지 않는가. 어찌 소중한 마음을 두 번씩 잃을 수 있겠는가. 아직 초발심의 여운이 다 가시지 않았고 구도에의 열정과 신심이 타오르고 있을 때 다시 발심해야겠다.

원효 스님께서는 「발심수행장」에 이르시기를 "수행이 없는 헛된 몸뚱이는 길러 봐도 이익이 없고, 무상한 뜬 목숨은 소중히 여기고 아껴본들 보존할 수 없다."고 하셨다. 자주 육신의 무상함을 말하고 육신에 매이지 않음을 논하지만, 실상은 저 깊은 곳에서 육신의 족쇄를 끊지 못했기에 번뇌가 끊이지 않음을 알아야겠다.

문득 정진이 안 될 때, 내가 있는 자리가 정말로 내가 있어야 할 자리가 아닐 때 한 번 울어보자. 이암 스님처럼 매일매일 깨닫지 못한 탄식의 눈물을 흘리지는 못하더라도 흠씬 울어서 깨끗이 해보자. 울고 울어서 다 씻어버리고 새로 정진의 마음을 내자. 어제의 아픔을 딛고 오늘의 공부를 준비하자.

문득 정진이 안 될 때, 이암 스님처럼 매일 매일 깨닫지 못한
탄식의 눈물을 흘리지 못하더라도 흠씬 울어서 깨끗이 해보자. 다 씻어버리고 새로 정진의 마음을 내자.

•

문득 절망을 챙겨보며

무소유정신은 승가의 근본정신이다. 출가할 때는 단지 속옷 몇 벌과 얼마간의 여비를 지니고 입산하는 것이 일반적이다. 특별하게 가져오라고 요구하는 것이 없다. 부처님께서도 그러하셨고, 역대의 모든 스님들이 세상의 욕망을 버리고 집을 나오셨다. 오로지 생로병사의 고통을 벗고 세상의 굴레와 속박으로부터 자유로워지는 것이 출가수행의 목적이다. 그런 까닭에 출가하는 사람이 가져와야 할 물건도 없고, 승려가 되기 위한 기본적인 교육을 받는 행자기간 중에 끊임없이 강조하는 부분이 무소유정신이다. 출가한 사람이 수행하는 데 필요한 최소의 물품 외는 소유하지 말라고 가르치고, 물질의 충족이 수행에 도움보다는 장애가 큼을 누누이 강조한다.

•

그렇다고 하여 물건을 가벼이 여기라고 하는 것은 아니다. 일반적으로 내 것이 아니면 아무렇게나 사용하여 낭비하거나, 관리를 하지 않아 손실이 큰 경우가 많다. 우리나라의 어디를 가보아도 여러 사람이 공유하는 공간이나 시설이 제대로 유지된 곳을 찾아보기 힘들다. ‘내 것’이라는 생각은 있어도 ‘우리 것’이라는 마음가짐이 결여된 까닭에 이런 일들이 일어나는 것이다. 소유하고자 하는 것은 인간의 근본적 욕망의 하나이고, 자본주의 사회에서는 특히 개인의 소유에 대한 욕구가 개방되어 있다.

이러한 갖고자 하는 욕구의 충족은 ‘내 것’이라는 소유의 경계를 뚜렷이 하여주고, 그 경계 외의 대상들은 자신의 가치 기준에서 중요하지 않은 것으로 생각해도 되는 풍토가 널리 퍼져 있다. 그러나 출가인의 생활은 정 반대다. 개인의 소유를 절제하는 생활이 요구되기 때문에 공동 소유가 많다. 시설이나 물건들을 공동으로 사용하기 때문에 이러한 시설이나 물건에 손상이 가면 전체 대중이 다 같이 불편을 겪기 마련이다.

그래서 ‘내 것’보다는 ‘우리 것’이라는 생각이 더 강하다. 불가의 재산은 삼보정재라 하여 ‘부처님의 깨끗한 재물’이라 한다. 이 ‘우리 것’인 ‘부처님의 깨끗한 재물’이 무소유의 정신과 무소유의 생활을 유지시키는 바탕이다. 여러 사람이 공유해도 불편함이 없고, 소유에서 오는 더 큰 집착과 불안으로부터 자유로울 수 있는 삶을 꾸려나가도록 배우며, 또 그렇게 살아가는 곳이 절이다.

그러나 사람이 살아가다 보면 계속해서 무엇인가 축적되는 게 또한 현실이다. 소유하지 않으려는 마음을 굳게 지니고, 항상 취하지 않고 버리려는 태도로 살아도 시간이 지남에 따라 잡동사니들이 자꾸만 쌓여간다. 출가하여 수덕사에서 삼 년을 살다가 경전을 공부하기 위하여 해인사 승가대학에 들어갈 때에는 걸망 하나와 보따리 하나가 전부였던 살림살이가 졸업할 때는 라면박스로 열 개가 넘는 큰 살림이 되어버렸다.

자잘한 옷가지며 보고 난 책들을 주변의 스님들께 나누어 드리고, 아주 쓸모없는 물건들은 태워버리기도 하여 짐을 줄이려 애쓰지 않은 바는 아니나, 남 주기 미안하고 버리기 죄스러운 것들을 챙기다보니 한심스러울 정도로 많은 짐을 가지게 되었다. 어떤 스님은 "출가인은 짐이 늘어날수록 바른 법에서 더 멀어진다. 밖으로 물건이 모이는 것은 안으로 번뇌가 쌓이는 것과 같아 가히 공부하는 사람의 자세가 아니다."라고 경책하셨는데, 생각할수록 부끄러운 꼴이 되어 버렸다.

같이 지내던 스님 한 분은 보고 난 책은 바로 주변의 스님에게 주어버리거나 도서관에 기증하여 책을 소유하지 않았다. 꼭 다시 보아야 할 책은 은사스님이 계신 절에 보관하여 대중이 함께 볼 수 있게 하였다. 그 스님은 옷도 항상 낡은 것 두 벌로 족하여 누가 준다 하여도 거절한다. 그래서 어떤 때는 한 여름에도 두꺼운 겨울누비를 입고 지내기도 했다. 생활에 필요한 필수품을 보관하는 관물장에는 간단한 세면도구와 몇 가지 약품을 제외한 일체의 물건이 들어있지 않아 다른 스님의 관물장에 비유하면 마치 빈 것처럼 보일 정도였다.

혹시 잊은 물건은 없을까 하여 공연히 불안한 마음이 덜 떨어진 꼭지마냥 매달려 있는 것이 짐 꾸릴 때의 통상적인 심정인데, 이 스님은 걸망 하나 가볍게 챙겨 메고 밀짚모자 손에 들고 제일 먼저 발길을 돌린다. 4년을 살다가 가는 사람의 차림새가 아니다. 너나없이 살면서 평소 서로 이해하고 위해주며 함께 살았던 도반의 모습이 아닌 듯 문득 존경스럽다. 가슴이 뭉클하다. '또 만납시다. 부디 건강하시고 정진에 장애 없기를 기원합니다. 다음에는 선방에서 같이 한철 공부합시다. 그 때는 나도 스님처럼 걸망 하나 덜렁 지고 떠날 수 있겠지요.' 마음속으로 간절히 바람을 세운다.

절집 생활이 오래될수록 얻기 위해서 노력하기보다는 버리기 위해서 애쓸 때가 많다. 애초에 가진 것 없이 와서 본래 내 것이 없으니 있으면 있는 대로 살고, 없으면 없는 대로 사는 것이 몸에 배어 부족함에서 오는 불편은 그리 큰 부담이 되지 않는다. 삼 시 세 때 걱정 없고 잠자리 갖추어지고 몸 하나 건강하면 아쉬울 게 없다. 그러나 신도들

이 가져오는 약이며 의복들은 자꾸 많아지고 책장에 책들은 점점 늘어
간다.

부처님과 스님들은 복전(福田)이라, 신도들이 부처님과 스님들께
공양하고 보시하는 것은 농부가 농사를 짓듯이 더 많은 좋은 공덕을
이루고 거두는 것이다. 그래서 신도들이 가져온 보시물을 거절할 수
없어 받아두고, 또 바로 남에게 주기가 미안해 보관하다 보면 이것을
정리하는 일이 오히려 큰일이다. 아직도 우리 불자들은 스님들께 보시
한 물건은 그 스님만 써야 된다고 생각하는 경향이 많다. 자칫하면 오
해가 생기는 일도 적잖게 있는 편이다.

그래서 공개적으로 고아원이나 양로원을 방문할 때 모인 보시물
을 처리하기도 한다. 보시하는 사람의 마음과 받는 사람의 마음이 깨
끗하고, 주고받는 물건이 바르게 마련된 것이면 그것으로 보시는 온전
한 것이다. 보시물이 신자의 마음에 미련으로 남아 있어도 좋지 않고,
스님을 구속하는 짐이 되어서도 아니 될 일이다. 보시로 인해서 더 자
유롭고 안락한 생활이 되어야 한다.

아직 수행의 연륜이 짧고 얻은 바 소득이 적어 안으로 밖으로 짐
이 잔뜩…. 문득 걸망을 챙겨보며 내가 가져야 할 것이 무엇이고 버려
야 할 것이 무엇인가를 생각해 본다.

•

밝아야 행복하다

어린 시절 어머니를 따라 몇 차례 절에 간 기억이 있다. 어머님을 졸라 따라나서곤 했던 길은 산길을 굽이굽이 돌아 한참을 걸어서야 절에 도착하곤 했다. 하지만 도중에 때로 손을 잡거나 곁을 맴돌며 외출복 차림의 고운 어머니 모습과 어렴풋한 화장품 향과 어울린 어머니 냄새를 즐기는 것은 정말 즐거운 일이었다. 절에 도착하면 어머니는 법당에서 수없이 절을 올리곤 했다. 밖에서 놀다가, 기다리다 지치면 절을 그만하고 빨리 나오시라고 졸라대며 투정을 부리곤 했었다. 절을 마치고 나온 어머니는 나지막이 어린 아들에게 말씀하셨다. 절을 1000번을 더 해도 부처님이 한번 바라봐 주실까 말까 한데 절할 때 재촉하면 안 된다고 나무라셨다.

•

고등학교 입학식 날, 사찰불교학생회에 가입하였다. 전에 우연히 TV에서 교복을 입은 학생들이 법당에서 절하는 모습을 본 적이 있었는데 정말 신기한 생각이 들었었다. 이전에는 학생들이 절에 다닌다는 생각을 해본 적도, 또 그런 사실을 듣지도 보지도 못했기 때문이다. 그런데 형의 인도로 불교와 인연을 맺었다. 처음으로 불전에 삼배를 올리는 법을 배우고 초와 향공양 올리는 법도 배웠다.

그렇게 시작된 부처님 인연은 부족함이 없이 이어졌다. 절에 가면 늘 맛있는 공양과 떡이며 과일을 먹을 수 있었고, 스님들은 학생들에게 깊은 관심과 지원을 아끼지 않으셨다. 그리고 법당에는 향이며 초가 늘 충분하게 쌓여 있었다.

불연(佛緣)이 깊어져서 동국대학교 불교대학에 진학하게 되었다. 혹 강의는 빠져도 불교학생회 동아리방은 반드시 방문하는 일상이 이어졌다. 그러던 2학년 초 어느 날 동아리방의 법당에 초와 향이 떨어진 것을 발견하였다. 이전처럼 학교 교내법당인 정각원에 가서 향과 초를 가져오라고 후배에게 말하려는 순간 문득 '이게 아닌데' 라는 생각이 스쳤다.

5년이 가깝도록 절에 다니며 누구 못지않게 신행생활을 해왔다고 자부해왔었다. 법회에 빠짐없이 참석했고 소임도 맡아 회원의 역할을 충분히 했다고 생각했었다. 그런데, 그 동안 내 손으로 직접 향이나 초

54

를 사다가 공양한 기억이 없었다. 늘 다른 불자들이 올린 향과 초를 켜고 사루며 예불을 드렸던 것이다. 갑자기 가슴이 뛰며 부끄러운 생각이 온 몸을 죄어왔다.

곧바로 교문 앞의 구멍가게로 뛰어갔다. 초 한 갑과 향 한 갑을 달라고 했다. 속가의 제사 때 쓰는 가는 초와 구불구불 휘어진 품질이 안 좋은 향밖에 없었다. 잠시 망설이다가 돈을 건넸다. 동아리 법당의 불전에 초를 켜고 향을 사루어 올렸다. 늘 올리던 굵은 초와 고급 향은 아니지만 절을 하면서 울컥 눈물이 날 것 같았다. 초 한 자루 공양도 안 올리고 잘난 체했던 교만함이 말할 수 없이 부끄러웠다. 싼 것이라도 직접 올리는 공양이 그렇게 다행스러울 수가 없는 마음이었다.

우리 어머니가 드리는 절은 1000번을 절을 해도 부처님이 한 번 보아주지 않을 지도 모른다는 간절함으로 드리는 절이었다. 쌀 한 말을 이고 반나절을 산길을 올라가면서 한 번도 흙바닥에 닿지 않도록 지극한 마음으로 올리는 공양물이었다. 색색의 화장품과 향수로 육신을 치장하기보다는 비린 것을 먹지 않고 목욕재계한 깨끗한 몸과 마음으로 절을 찾았던 것이다.

지식인인 양 하는 불자들 가운데 이분들의 신행이 '기복(祈福)'이고 '구복(求福)'이라고 비난을 하는 이들이 많다. 그저 집안과 일신의 안녕과 행복을 위해서 복을 비는 기복불교라고 흠잡는다. 위로 보리를 구하고 아래로 중생을 제도한다는 상구보리 하화중생(上求菩提 下化衆生)의 보살도를 설파하며, 이기적이고 소승적인 구습을 타파해야 한다고 부르짖는다. 하지만 그때 그렇게 소리를 높이던 사람들은 지금 어디로 갔는지 알 수가 없다. 아직도 나이든 보살님들은 늙은 몸을 이끌고 변함없는 기도와 예불을 올리고 있는데…

공양과 보시는 지극하고 간절한 마음에서 비롯되는 것이어야 한다. 그것이 비록 내 한 몸과 가족의 이익과 안락을 위한 이기적인 마음이라도 그것이 불씨가 되어야 한다. 자신과 가족에 대한 지극한 사랑이 없는 사람이 어떻게 다른 사람을 위한다고 할 수 있겠는가. 그저 공허한 철학적 논리와 사고에 떨어지지 않으려면, 지금 우리에게 존재하는 사랑의 씨앗을 잘 보호하고 아끼는 마음을 일으켜야 한다.

자비관법의 수행과정도 자신에서부터 시작하여 가족과 가까운 사람들, 아는 사람들, 그리고 조금씩 외연을 넓혀가며 궁극적으로 모든 생명에 대한 자비심과 사랑으로 키워간다. 설혹 부족하고 불완전한 신심과 수행이라도 그 불씨가 소중하다는 마음을 잃어서는 안 된다.

저 석가모니 부처님의 길을 밝힌 빈자일등(貧者一燈)의 주인공도 부처님과 자신에 대한 믿음과 확신이 없었다면 어떻게 꺼지지 않는 등불을 밝힐 수 있었겠는가.

부처님께서 오시는 밤길은 이미 어둠을 물리칠 만큼의 충분한 등

이 걸려 있었다. 그러나 사람들은 너나없이 다들 더 많고 더 밝은 등을 밝히고자 했다. 그 까닭은 등불이 단순히 어둠을 밝히는 이상의 의미를 가지기 때문이다. 실로 등공양의 공덕은 지혜를 기르는 데 있다. 사바세계 중생들의 인생살이는 막막한 어둠속에서 거칠고 험한 길을 헤매는 것과 같다. 등을 밝히는 것은 바르고 안전한 길을 찾아가는 최선의 방편을 구하고자 하는 서원의 표현이다. 어두워서는 행복할 수 없다. 세상도 마음도 밝아야 행복해 진다. 세간의 행복은 출가의 해탈과 다름이 아니다. 등을 밝히는 것은 행복을 밝히는 것이다.

행진을 할 때면 등이 흔들리며 움직일 때마다 함께 흔들리는 네모난 빛 그림자를 장난스럽게 밟아가는 아이들이 있다. 등불이 비치는 밝은 길을 걷는 것은 이렇게 안전하고 즐겁다. 절에 등을 켜고 올리면 적어도 그만큼의 광명이 나와 내 가족과 함께한다는 생각을 잊지 않아야 한다. 불전에 등을 밝히고 작은 원력의 불이 꺼지지 않고 있음을 가족들 모두가 기억하는 것, 이것이 가장 먼저 얻는 등공양의 공덕이다.

•

선의 나침반

- 숭산 대선사의 가르침 -

1994년 스리랑카에서 머물 때였다.

여행이 좋은 공부라고 무작정 길을 나서서 태국에서 몇 달을 지내며 혼자 시작한 공부가 기어이 탈을 일으키기 시작했다. 언제부턴가 가슴속에 생기기 시작한 간질간질한 느낌이 자리 잡아 점점 커져가고 있었다. 앉아 있어도 걸어보아도 또 쉬려고 누워도 명치에서부터 시작되는 그 느낌은 마치 살아있는 의문덩어리가 꽉 들어앉아 끊임없이 답을 요구하며 온 몸을 간질이는 느낌이었다. 해갈되지 않는 갈증처럼 그 목마름이 더 이상 견딜 수 없는 지경으로 다가올 때, 책을 뒤지거나 지난 공부의 과정을 돌이켜보며 얻은 유일한 해결책은 '스승'을 찾는 일임을 알게 되었다.

•

때마침 미국을 중심으로 서구에서 선불교를 가르치던 숭산행원 스님께서 스리랑카를 방문하셨고, 스님께서는 바쁜 일정 중에도 이른 새벽과 늦은 밤을 가리지 않으시고 세 번에 걸쳐 특별한 가르침을 주셨다. 대단한 깨침을 얻지는 못했지만 신통하게도 그 이후로 괴롭던 증상은 사라졌고, 그 때 스님께서 주고가신 『The Compass Of Zen』이라는 책자를 지니고 다니면서 수행의 의지처로 삼았다.

당시의 『The Compass Of Zen』은 숭산 스님께서 미국인 제자들에게 가르치던 것을 책자로 엮은 강의노트 같은 것으로 내용이 간결하며 핵심적이어서 직접 가르침을 받지 않거나 불교에 어느 정도 소양이 없는 사람에게는 다소 이해하기 어려운 면이 없지 않았다. 이 책이 미국인 제자 현각 스님의 노력으로 내용과 형식을 갖추어 대중적으로 읽히기에 적당하도록 정리되어 1997년에 『The Compass Of Zen』이라는 같은 이름으로 출판되더니 지난해에는 『선의 나침반』이라는 한글판이 나오게 되었다.

'선' 수행이 본래 말을 떠난 것이지만 수행의 바른 길에 접어들기까지는 '말과 글'에 의지하지 않을 수 없다. 선사들의 어록이 가르침과 가르침의 과정에 대한 기록이지만 이 『선의 나침반』의 내용들은 숭산행원 스님께서 매일 제자들과 더불어 수행하고 탁마하는 과정에 주고받은 활발한 선문답과 법문을 담고 있다. 출가와 재가를 비롯해 수많은 사람이 지금도 '선' 수행을 통해 깨달음을 향하고 있지만 좋은 스승과 도반이 없이는 수행의 진보를 얻기 어렵다. 이런 의미에서 볼 때 『선의 나침반』은 현존하는 선사의 육성이며, 언제라도 찾아뵙고 지도받을 수 있는 스승의 자비로운 지침서다. 스님께서는 책을 내시면서 수행자를 위해 자상하면서도 준엄한 지적을 잊지 않으신다. "이 책에 나와 있는 말과 단어를 참고하되 이에 집착하지 않고 참선수행을 열심히 하여 '오직 모를 뿐'을 간직한다면, 모든 생각을 끊을 수 있을 뿐만 아니라 진정한 길을 찾는 데도 도움이 될 것이다. 그러나 말과 단어에 집착한다면 부처님의 가르침조차 당신을 지옥에 빠뜨릴 것이다."

『The Compass Of Zen』은 본래 외국인에게 영어로 설하신 가르침을 엮은 것이라 영문법적으로 볼 때 표현과 내용이 세련돼 보이지는 않는다. 그럼에도 날카로운 선지가 빛난다. 오히려 한글이나 한문으로 된 경전이나 조사어록보다 더 직관적이고 분명하다. 정곡을 찌른다. 불교를 모르는 사람들에게 불교를 가르치기 위해 더 직접적이고 더 쉽고 분명한 표현을 찾아 낸 까닭에 사람들의 보편적인 선입견인 '어려운' 불교가 너무 쉽게 느껴져 당황스러울 정도다.

"사람들은 참선수행을 아주 힘들게 앉아 있어야만 한다고 생각한다. 그렇다면 완전한 수행이 아니다. 그것은 몸에 집착하는 것이다. 진정한 참선은 조건이나 상황에 관계없는 '마음'의 수행이다. 어떤 마음 자세로 앉아 있는가, 그것이 핵심이다."

·

사무치도록 그리운 순례의 시간

창문을 활짝 열어젖히고 안개비가 내리는 것을 느낀다. 처마에는 방울물이 뚝뚝 떨어지고 솔가지를 흔드는 바람비는 한 무더기 무리지어 방안으로 밀려들어온다. 젖은 솔내음은 마음속까지 흠뻑 적셔오며 깊은 호흡으로 아랫배까지 내려온다. 2년에 가까운 시간 동안 고국을 떠나 떠돌았다. 떠나고 싶은 마음이 굳어져 떠나야 하는 마음이 되었을 때 떠난 걸음은 최초의 행선지인 태국을 거쳐 스리랑카로 인도로 네팔로 돌아 동남아시아 불교국에로의 여행이 열 곳의 나라를 지났고, 1년을 기약하고 떠났던 여로는 석 달을 더한 열다섯 달을 채웠다. 그래도 더 다니고 싶은 마음은 영원히 라고 해도 족함이 없을 그런 마음으로 발길을 옮겼다.

사무치도록 사랑하는 벗들이 있었고, 그 벗들과 어우러지던 내 강산을 아프도록 좋아했다. 하지만 짊어진 배낭 하나에 모든 것이 족한 시간들 속에서 돌아가야 할 곳이라는 생각을 잊고 지냈다. 때로 외로움이 물처럼 밀려올 때, 문득 고개를 들어 하늘에서 쏟아지는 별들과 흐르는 달을 바라보며 해인사에서 더불어 살던 도반들과 내 산하에서 떠오르던 달과 솔가지를 스치던 서늘한 바람을 그리워했을 뿐이었다.

어느 곳에다 뼈를 묻어도 아무 여한이 없는 그런 마음으로 배낭 하나에 모든 소유물을 지고 다녔다. 단지 돌아와야 할 작은 이유로 가슴에 남아있던 화두 같은 바람이 있었다면 도반스님의 절에 맡겨 놓은 몇 박스의 옷가지와 몇 권의 책을 비롯한 잡동사니 들이 곱지 않은 흔적으로 남는 것이 두려웠을 뿐이다.

변변히 아는 사람도 하나 없이 입도 제대로 떼지 못하는 처지로 겁 없이 나선 이국에로의 첫 걸음은 무언가 의지처가 필요했고, 그래서 되는 대로 모으기 시작한 지도와 소개서, 어학 및 현지를 이해하기 위한 자료며 책들이 점점 많아졌다. 처음 길을 나설 때 채 반도 차지 않았던 배낭이 날로 무거워질수록 무언가 버려야 한다는 마음 역시 그 무게를 같이 하였다. 종이 한 장의 무게라도 줄이고 싶은 마음은 수첩의 껍질까지 벗겨버리게 하였다. 그렇게 하루하루 모이고 모인 짐들이 어깨를 눌러대는 업이 쌓여갈수록 버리고 버리려는 마음은 더욱 간절해졌다. 오랜 시간을 누리던 편리의 도구들 없이 사는 궁색함과 불편함이 어느 순간 소유로부터의 자유로움과 해방감으로 느껴졌을 때 도반에게 맡겨 놓았던 짐들은 바삐 치워야 할 가장 무거운 업으로 자리하였다.

여행 중 열 달에 가까운 시간을 수저 없이 화장지 없이, 오른손은 식당에서 왼손은 화장실에서…. 그 곳 사람들처럼 지내면서 비로소 나는 얼마나 많은 불필요한 소유물들과 굳어버린 관념의 틀에 붙잡혀서 사는지를 알게 되었다. 출가인의 살림이 걸망 하나면 족하다는 옛 스님들의 말씀은 업을 많이 짓지 말라는 따끔한 경책의 말씀에 다름 아님을, 그리 짧지만은 않은 시간 동안 지고 다닌 살림의 무게가 깨우쳐 주었다.

빈손으로 왔다가 빈손으로 갈 수 있는 사람은 얼마나 행복한 사람인가. 흔히들 쉽게 말하기를 빈손으로 왔다가 빈손으로 간다 한다. 하지만 진실로 빈손으로 왔다가 빈손으로 가는 사람이 얼마나 되겠는가? 윤회로 휘도는 삶은 지은 바 업에 끌려 몸을 받고 주어진 인연의 틀에 엮여서 살아가는 것이다. 이렇게 업의 사슬에 얽혀서 살아가는 사람이 어떻게 빈손의 무소유를 즐길 수 있다 하겠는가? 다만 세간의 물질에 끄달린 눈으로 본다면 빈손으로 오간다 할 수 있을지라도 스스로의 지은 바 업의 실체를 바라본다면 걱정으로 입맛이 떨어진다. 두려움에 오싹 소름이 돋도록 져야 할 짐이 많은 게 중생사다.

무엇을 가지고 왔는지는 모르고 왔어도 빈손으로 갈 수만 있다면 하는 것은 여행 중에 가진 가장 간절한 소망이었다. 출가의 삶이 좋아 산에 들어와 머리를 깎고 살게 되었지만 세월이 지날수록 처음 산에서 살 때의 참신한 두려움이 깃든 마음, 그 철저했던 생활이 점점 그리워 졌다. 일상에 젖을수록 무딘 생활에의 싫어하는 마음이 커져감이 아니 었던가 싶다. 내 강산을 떠나 말도 잘 통하지 않고, 풍습도 다르고, 아 무 할 일이 없는 곳에서 이리저리 떠돌다가 그저 때 되면 밥 먹고, 때때 로 책장을 뒤적이다 싫증나면 혼자 조용히 앉아보던 시간이 값진 정진 의 시간이 되어 주었다. 머물 대로 머물다가 떠나고 싶을 때 떠날 수 있 는 날들은 진정 출가의 맛을 알게 해 주었다.

온전한 집 떠남이란 진실로 할 일이 없는 상태인, 그래서 정말 해 야 할 일이 한 가지밖에 없는 때가 아닐까 하는 생각과 나는 지금 그러 한 맛을 보고 있지 않은가 할 때의 기쁨은 맛보지 못한 사람이 알 수 있는 것이 아니었다. 가끔 승려의 틀조차 한계로 지워짐을 느낄 때 출 가마저도 떠나고 싶은 바람이 가슴을 채우기도 하였다. 하지만 차마 이러지 못한 것은 산에의 삶을 버리지 못했기 때문이라기보다는 그 마 음조차도 출가의 마음인 것을 알았던 까닭이다.

그렇게 새로움의 날들이 계속되어 신선한 기쁨 가득해졌을 때 참 을 수 없는 마음은 펜을 집어 벗들과 도반들에게 편지를 쓰게 하였다. 또한 곳곳의 성지를 다니며 감사와 감동에 마음이 온통 젖어들 때는 부처님 전에 엎드려 이렇게 인연을 맺게 됨을 눈물겹도록 기도하였다.

가족과 벗들과 도반들과 아는 이들의 이름을 낱낱이 떠올리며 이 아름다운 인연이 그들에게도 반드시 이어지기를 그토록 간절하게 기원한 적이 없었다. 맨발에 발우를 들고 방콕의 거리를 탁발 다니며 신자들의 공양을 받을 때의 시간들, 부다가야에서 밤을 새우던 정진의 시간은 성지순례의 진실한 의미를 알게 하였고 사무침으로 가슴에 남았다. 또 누구 못지않게 우리 강산에의 사랑과 자부심이 강했던 나의 국가관과 민족관은 이미 희석되어졌다. 피부색과 생김새가 다르고 말과 풍습이 다른 사람들이 사는 다른 지역 정도의 의미로 변해버렸다.

눈썹마저 삭발해 버리던 태국 스님들과 머리빗이 필요할 만큼 머리를 기르던 스리랑카 스님들, 한 절에서 대승불교의 스님과 근본불교의 스님들이 어우러져 살던 베트남 절, 인도와 네팔의 어디를 가도 자줏빛 승복을 입고 등산용 배낭을 무겁게 지고 다니던 지금은 세계불교의 상징이 되어버린 달라이라마로 대표되는 티벳 스님들은 이제는 멀리 있는 다른 세계의 신기하고 이상한 불교인이 아닌 정겹고 반가운 부처님의 제자들이자 도반이 되었다. 실로 대승심을 갖지 못한 이들이 대승의 분별심을 내어 소승이라 가벼이 보는 남방의 근본불교를 순례하며 얻은 경험은 언제라도 다시 그 곳으로 가고픈 마음의 원을 심어 놓은 따뜻함으로 남았다.

가끔 승려의 틀조차 한계로 지워짐을 느낄 때 출가마저도 떠나고 싶은 바람이 가슴을 채우기도 하였다.

이삿짐을 꾸리며

무슨 일복이 많은지 그렇게 한가한 시간이 허락되지 않는다. 지난 연말부터 주말에는 서산 절에서 지내고 주중에는 사나흘씩 서울생활을 하는 중이다. 그런데 깃들어 지내던 숙소를 재건축해야 한다고 방을 비워 달랜다. 한동안 이런저런 논의가 분분하더니 결국 뾰족한 수를 찾지 못하고 각자 알아서 대책을 마련하는 쪽으로 가닥을 쳤단다. 이리저리 방도를 찾다가 근처의 잘 아는 스님 절에서 얼마간 신세를 지기로 했다.

이제 이삿짐을 꾸려야 한다. 짐이라야 옷 몇 벌에 책 몇 권, 그리고 자잘한 잡동사니 몇 가지…. 다해봐야 박스 두 개면 족한 살림살이다. 30분도 채 안 걸릴 것이다. 그런데 왜 이리 성가신지 모르겠다. 몇 달간 익숙해져서 편안한 거처를 옮겨야 하는 것이 흔쾌하지 않아서 더욱 그런 것 같다.

대학시절 지방에서 유학 온 친구를 위해 자취방을 구하러 하루 종일 돌아다닌 날이 있었다. 처음 길을 나설 때 의기양양했었다. 멋지고 좋은 집을 구할 희망과 처음 나서보는 모험과 같은 설렘으로 한껏 부풀어 있었다. 오전 한나절 동안 정말 여러 곳을 다녔다. 그러나 가격과 환경, 적당한 조건의 방을 찾기란 쉽지 않았다. 그날 저물녘까지 헤매고 다녔지만 우리는 적당한 방을 찾을 수 없었다. 이후로 집에 들어갈 때면 나에게 허락된 쉼터가 그렇게 고맙고 소중할 수가 없었다. 입산 출가할 때까지 나는 부모님께서 보호해 주시고 보장해 주신 내 방을 정말 기껍게 여겼었다.

불교에서는 출가 수행자를 운수납자(雲水衲子)라고 한다. 물처럼 구름처럼 떠돌아다니고, 누덕누덕 떨어진 옷을 기워 입어서 납자라고 한다. 한 곳에 집착하여 머무르지 않고 곳곳을 다니며 스승을 찾아 일체의 얽매임으로부터 자유롭고자 하는 삶, 수행자는 무소유(無所有)를 삶의 근본으로 한다. 일반의 가장 많은 사람으로부터 사랑받는 법정 스님의 글은 무소유를 바탕으로 하고 있다. 스님의 글에서는 언제나 은은한 수행자의 향기가 난다.

"3일을 한 나무 아래에서 머물지 말라."

2,500년 전 부처님께서 제자들에게 경책하신 말씀이다. 임자가 없는 숲 속의 나무그늘조차도 '내 것'이라는 기득권을 가지게 될까봐 우려하신 모양이다. 실제로 우리는 산과 들에서 먼저 자리를 잡은 사람과 뒤에 온 사람들 간의 자리다툼과 시비를 자주 발견하곤 한다. 수행자들의 마음속에도 자리에 대한 집착이 남아있는데 세속사람들이 자유롭기란 더욱 쉽지 않은 일이다.

아파트 가격이 오르고 내리는 것에 따라 기쁨과 슬픔이 교차된다고 한다. 집을 깃들어 사는 보금자리로의 역할과 기능보다 재산 가치로 우선 판단하기 때문이다. 이사철이다. 전세 월세의 인상으로 부득이하게 이삿짐을 꾸려야 하는 가족들이 적지 않을 것이다.

수행자의 삶이 떠돌고 흐르는 곳에 본분을 둔다면, 세속의 사람들은 안락한 집에 오래도록 편하게 깃들기를 바란다. 새 봄 이삿짐을 꾸리는 사람들의 마음과 손길이 더욱 가벼울 수 있기를 바란다.

●

풀을 베어야 모기가 사라진다

올해는 유달리 비가 많이 온다. 덕분에 크지 않은 산에 기대고 있는 작은 절에도 물이 철철 넘친다. 풀뿌리 아래 작은 조약돌 사이로 소리 없이 흐르던 샘물은 제법 콸콸 소리를 내어 흐르고 도량 주변의 망초며 머위, 잡초들은 키가 자라다 못해 옆으로 드러누운 것들도 적지 않다.

비가 개고 풀이 마르면 날을 잡아 잡초를 베어야지 하며 미루다가 마침 날이 맑아 마음을 내었다. 오랜만에 낫을 찾으니 녹이 슬고 날이 무뎌져서 먼저 날을 갈아야 했다. 세숫대야에 물을 떠놓고 숫돌을 찾아 자리를 잡고 앉았다. 한참동안 낫을 잡고 숫돌과 씨름을 했지만 결국 마음에 들게 날을 세우지 못하고 낫 갈기를 그쳐야 했다.

●

이 산중에 와서 구입한 낫이 수십 개다. 또한 베어낸 대나무와 잡초며 잡목이 몇 수레가 될지 가늠할 수 없을 만큼 많지만 낫 가는 일은 아직도 서툴고 어려운 일이다. 전에 언젠가 무딘 손으로 낫 가는 걸 본 마을 처사님이 잠시 짬을 내어 갈아준 적이 있었는데, 날이 얼마나 예리하게 섰는지 낫을 쥐고만 있어도 잡초를 다 베어낸 기분이었다.

소임을 맡아 사제 영도 스님과 처음 이곳 부석사에 왔을 때 모기가 너무 많아 밤새 시달리다 결국 머리까지 이불을 뒤집어쓰고 밤을 지새웠다.

7월의 더운 밤을 이불을 뒤집어쓴 채 지낸 다음 날 영도 스님은 날이 밝기가 무섭게 모기장을 사러 갔고, 나는 모기에 대한 원인 규명에 착수했다. 그냥 보기에도 마당을 제외한 온 도량에 가득 자란 잡초들과 법당과 요사채 뒤에 빽빽한 대나무들이 주범으로 보였다. 우선 잡초와 대나무를 베어내기로 했다.

틈만 나면 풀숲에 들어가 잡초를 베며 가시덩굴에 긁히고, 대나무 가지에 베이며 한 여름을 다 보냈다. 내가 자리를 비울 때면 절에 휴양 오셨던 대구 처사님이 대신 낫을 잡아준 덕에 가을이 될 무렵에는 그 많던 잡초며 대나무들이 거의 사라지게 되었다.

그리고 몇 달 뒤 부석사 식구가 된 이 처사님이 톱과 낫을 벗 삼아 도량 주변을 다니더니 눈에 들어오는 지역의 잡목과 잡초를 베어내기 시작하였다. 그 뒤부터 그 공력으로 인해 부석사의 악명 높던 모기들도 점차 사라져갔다.

몇 년간 호된 울력을 하지 않아 둔해진 몸과 마음은 수없이 가시에 손이 찔려 손가락이 잘 구부러지지 않을 땐 혹 이러다가 손이 고장 나지나 않을까 하는 두려움이 들기도 했다. 끝없이 자라는 잡초를 바라보면서 알 수 없는 원망도 일어났다. 하지만 눈앞의 일을 해치우고 나면 마음속에 드리워 있던 두려움과 원망은 금방 흔적도 없이 사라지고 만다. 엄두가 나지 않는 일을 해 마친 사람의 자신감은 어떤 일이고 두려워하지 않는 용맹심을 가지게 한다는 것을 울력들을 통해서 깨달을 수 있었다.

몇 년 전 동남아시아를 여행할 때 미얀마 선원에 열흘 동안 방부를 드린 적이 있었다. 새벽에 눈을 떠서부터 저녁에 잠자리에 들 때까지 한시의 틈도 없이 정진에 몰입해야 하는 시간들, 그리고 먼저 수행에 나섰던 선배들의 자상한 관심과 지도, 선사스님들의 엄밀한 질책은 그 자상함과 따스함에도 불구하고 하루하루 시간을 보내는 게 힘들었다.

미얀마 선원에서는 발걸음 하나에서부터 밥 숟가락 한 번을 뜨는 데에도 정신집중의 수행심을 지니도록 분위기를 만들어 갔다. 겉으로 드러나는 작은 몸짓 하나에서도 내면의 흐트러짐을 감지해내도록 했다. 결코 길지 않은 3일의 시간을 지냈을 때 이제는 한 순간조차 더 견딜 수 없을 만큼 피곤함과 고통이 심신을 가득 채우고 있었다.

우리나라에서 몇 차례의 용맹정진을 무난히 성취해 낸 자신감과 용기는 어디로 갔는지 알 수 없었다. 패배감과 퇴굴심만이 가슴 속을 요동치며 걸망을 싸서 도망가라고 부추기고 있었다. 더 이상 있으면 가슴이 터져버릴지도 모른다고….

4일째 이른 아침 지난밤에 챙기던 배낭을 마저 챙기고 잠시 마음을 정리했다. 부다가야에서 성도절을 맞아 혼자 철야를 하며 그 숱한 모기떼와 졸음과 싸우던, 저물녘부터 새벽이 밝아올 때까지의 외롭고도 힘들었던 긴긴밤. 한영사전 하나로 6개월의 기간을 영어와 싸우며 눈을 열고, 귀를 열고, 입을 열어가며 부끄러움과 창피를 무릅쓰면서 멈추지 않았던 고집스런 영어공부의 시간들. 봄베이에서는 3일을 고열과 설사에 시달리며 혹 페스트에 걸렸을지 모른다는 두려움에 하루치 약을 한 번에 먹어가며 죽음의 공포와 싸우던 시간.

여기에 오기까지 1년이 넘는 시간을 그래도 치열하게 지내왔다고 생각했는데, 그리고 한국에 돌아가면 바로 여름안거에 들어가기로 숭산 큰스님과 약속도 단단히 했는데, 이런 퇴굴심에 무릎을 꿇는다면 그 부끄러움을 어떻게 감당할 것인가!

나를 버리기로 했다. 견딜 수 없는 피로와 고통을 다 받아들이기로 마음을 돌려먹었다. 내게는 남은 칠일 동안 다른 선택과 조금의 안

락함도 더 이상 용납되지 않는, 다른 길이나 탈출구가 없는 오직 유일한 길이라고 마음을 돌리고 다시 배낭을 풀었다.

남은 일주일은 나뭇잎이 시냇물에 떠가듯 정말 편안한 시간이었다. 몇날 며칠 앉아 있었기에 엉덩이에 땀띠가 나서 쓰리고 아파도 기꺼웠다. 피로와 고통은 마치 모래 속에 스며드는 물처럼 일어나는 대로 사라져 버리고 말았다. 그 시간 이외의 다른 안락과 편안함을 생각지 않았고 날을 계산하여 자유로움을 구하지도 않았다. 그저 순간순간, 하루하루를 담담히 수용하며 지낼 수 있었다. 선사스님들과의 문답에서도 확연함을 얻을 수 있었다.

본사에서 교무 소임을 살면서 몇 년간 행자들에게 『초발심자경문』을 가르친 적이 있다. 어느 날 강의 중에 한 행자가 질문을 하였다.

"선사스님 말씀에 '부처를 만나면 부처를 죽이고, 조사를 만나면 조사를 죽이라' 했는데, 이 말씀에 대해 스님은 어떻게 생각하십니까?"

미루어 짐작컨대 그 행자는 그 뜻이 궁금하기보다는 나이 차도 별로 안 나는 젊은 스님이 교무라고 가르치는 게 못마땅해서 한번 그 무게를 달아보고자 했던 것 같다. 이 질문은 이후 철을 난 도반이나 후배스님들에게 내가 자주하는 대화의 소재가 되었다.

"한 행자가 묻기를 살불살조(殺佛殺祖)하는 경계가 무엇이냐고 물었는데, 스님은 어떻게 답하시겠습니까?”

몇 년을 같은 질문을 가지고 여러 도반들과 탁마를 해 오고 있다.

행자의 물음에 답하기를 “여기 있는 행자가 살아 있는가, 죽었는
가? 만일 살아 있다면 능히 살불살조하지 못할 것입니다.”

풀을 베어야 모기가 사라지고, 내가 없어야 비로소 자유로워지듯
‘아상(我相)’이 있는 이는 가히 살불살조(殺佛殺祖)할 수 없다.

한 행자가 내게 물었다. "살불살조(殺佛殺祖)하는 경계가 무엇입니까?"

행자의 물음에 답하기를, "여기 있는 행자가 살아 있는가, 죽었는가? 만일 살아 있다면 능히 살불살조하지 못할 것이다."

풀을 베어야 모기가 사라지고 내가 없어야 비로소 자유로워지듯 '아상(我相)'이 있는 이는 가히 살불살조할 수 없다.

사랑, 아름다운 인연

출가의 삶은 속세와의 단절이 아니다.

세속의 애정과 집착을 끊는 것이지, 인연을 끊는 것은 아니다.

일 년에 한 두 번씩은 서로 오고가며 가족의 인연을 이었었다.

하지만 사람의 마음이란 그런 것일까. 영영 못 볼 줄 알았던 아들을 만날 수 있게 되면서

어머니의 마음에는 욕심이 일어나기 시작하였다. 어디서 들으셨는지 몰라도

"누구네 아들, 딸도 출가했다가 몇 년 만에 속가로 돌아와서 잘 산다."는 등의 이야기를 자주 꺼내셨다.

어머님, 아버님, 사랑합니다.

부모님을 떠나 출가 수행자의 길을 걸어온 것이 20년을 훌쩍 지났다. 대학을 금방 마친 20대 초반의 젊은 이가 40 중반의 중년에 접어들고 있다.

출가 전에는 늘 "다녀오겠습니다."라는 인사를 하곤 했다. 하지만, 출가의 인사는 달랐다. 다시 돌아온다는 기약이 없는 인사일 수밖에 없었다. "건강하시고, 편안하십시오. 이제 가겠습니다." 어머니의 눈에는 눈물이 그렁그렁하였고, 아버님은 애써 외면하고 계셨다. 어머니의 눈에서 떨어지는 눈물을 차마 볼 수 없어 급히 발길을 돌렸다. 귓전에 뚝, 뚝 어머니의 눈물이 떨어지는 소리가 들리는 듯하였다.

출가의 삶은 속세와의 단절이 아니다. 세속의 애정과 집착을 끊는 것이지, 인연을 끊는 것은 아니다. 출가한 지 6개월 정도 되었을 때 속가를 방문하게 되었다. 정식 스님이 되기 위한 몇 가지 갖추어야 할 서류를 준비해야 했기 때문이다. 은사스님께서 일러주신 대로 수박을 한 통 사서 집에 들어섰다. 느닷없이 나타난 스님의 모습에 어머님은 잠시 멍하니 아들을 알아보지 못하신 듯하였다.

"접니다. 셋째입니다."고 말씀을 드리자 그제야 정신을 차리고 아들의 손을 잡으셨다. 따로 무슨 말이 필요 없었다. 그저 한 손을 꼭 잡고, 다른 한 손으로 아들의 얼굴을 만지며 가만히 들여다보는 그 얼굴이 어머니의 애절한 마음이었다.

그 후로 일 년에 한 두 번씩은 서로 오고가며 가족의 인연을 잇곤 했었다. 하지만 사람의 마음이란 그런 것일까. 영영 못 볼 줄 알았던 아들을 만날 수 있게 되면서 어머니의 마음에는 욕심이 일어나기 시작하였다. 어디서 들으셨는지 몰라도 "누구네 아들, 딸도 출가했다가 몇 년 만에 속가로 돌아와서 잘 산다."는 등의 이야기를 자주 꺼내셨다. 그러더니 마침내 아들의 환속을 요구하기 시작하였다. 몇 번인가 부드러운 말로 당부를 하곤 했지만 시간이 지날수록 요구가 심해졌다. 결국 소식을 끊는 방법을 선택할 수밖에 없었다.

3년여의 시간이 지나고 해인사에서 공부를 하고 있을 때였다. 종무소에서 속가이름으로 찾는 전화가 왔다는 연락이 왔다. 어머니였다.

매정하게 소식을 끊어버린 아들을 찾겠다고, 시간이 날 때마다 이 절 저 절 전국의 절마다 전화를 하다가 결국 연락이 닿은 것이었다.

며칠 뒤 형제들이 어머님을 모시고 절로 찾아왔다. 만나자 마자 "아무리 듣기 싫은 말을 했다고, 어떻게 그렇게 매정하게 연락을 끊느냐?"고 원망 섞인 투정과 눈물을 쏟아내는 어머님은 몇 년 사이 부쩍 늙어 보였다. 그렇게 하루를 머무시고 다음날 떠나시며 또 눈물을 찍어내셨다. 빠질 것 없이 잘 키웠는데, 절에 온 것도 아까워 죽을 지경인데, 고기며 생선 한 점 없는 맛없는 음식만 먹고살아서 "미워죽겠다"고 하셨다. 그리고 앞으로는 쓸데없는 소리 안 할 테니 소식을 끊으면 절대로 안 된다고 몇 번을 당부하고는 발길을 돌리셨다.

이후로 매년 명절이면 꼭 안부전화도 드리고, 가족의 중요한 일에는 함께 마음을 나누기도 한다. 부모님이 이제는 70고개를 넘어 늘 건강이 염려스러울 뿐이다. 어머님, 아버님, 항상 사랑합니다. 그리고 그렇게 계셔주셔서 정말 감사합니다.

•

노스님을 문병하며

노스님께서 병원에 입원하신 지 여러 날이 지났다. 진작 소식을 들었지만 이 일 저 일 바쁜 핑계로 시간을 놓치다가 마음먹고 길을 나섰다. 노스님 세수 80세, 건강을 잃으신 지 여러 해가 되었지만 시자스님의 극진한 보살핌으로 큰 탈 없이 지내셨다. 가끔 병원에 입원하곤 하셨어도 잠시 검진을 받고 퇴원하시곤 했는데, 이번에는 시일이 길어져서 다들 걱정이 많았다. 그래서 늘 가시던 병원에서 한방과 양방을 동시에 처방할 수 있는 동국대학교 일산병원으로 옮기셨단다. 병원에 도착하니 마침 침을 맞고 계셨다. 생각보다 상태가 많이 좋아 보이셨다. 그래도 침을 꽂아놓은 노스님의 다리가 너무 앙상해 보였다. 손을 뻗어 가만히 만져보니 피부가 탄력이

없고 부석부석한 느낌이 들었다. 시자스님의 말로는 그나마 좋아진 것
이란다.

　20여 년 전, 당신이 60에 가까운 나이에도 손주시봉들이 따라가
기 힘들 만큼 빨리 산을 오르시곤 하셨는데, 평생을 수행에 매진한 당
신도 세월을 이기지는 못하는구나 하는 생각이 떠오른다. 인간 무상,
생로병사의 근본 고통에 직면하자니 가슴이 아린다.

　노스님께서는 언제고 찾아뵐 때마다 "넌 누구냐?"며 묻곤 하셨
다. 수십 명이나 되는 손주 시봉을 잘 기억하시지 못하는 까닭도 있지
만, 수행을 잘 하고 있느냐는 당신 나름의 공부시키는 방편이다. 그런
데 이번에는 그 질문도 않으신다. 묵묵히 눈만 껌뻑이며 마주 바라보
실 뿐 좀체 입을 열지 않으신다. 그래서 먼저 "노스님, 손주 시봉 주경
입니다."라고 말씀드렸다. 그래도 말씀이 없으셨다. 몹시 힘이 드신 모
양이었다.

　"스님, 병원에서 퇴원하시면 국수 드시러 가실까요?" 하고 여쭈니
"싫다"고 잘라 말씀하신다. 옆에 시자가 도와서 "스님, 그러면 메밀냉면
은 어떠십니까?"라고 여쭈어도 싫다고 하신다. 노스님은 대부분의 스님
들이 그렇듯이 국수 종류를 무척 좋아하신다. 그래서 국수 말씀을 드리
면 사양하시는 법이 없었는데, 처음 사양하시는 것을 보았다.

어느 종교나 마찬가지겠지만 불교에서는 아픈 사람을 간병하는 공덕에 대해서 특별하게 강조하고 있다. 가족을 떠나 홀로 수행하는 사람이 몸에 병을 얻게 되면 더욱 쓸쓸하고 힘들기 때문이다. 지금은 그런 경우가 거의 사라졌지만, 이전에는 몸이 아파서 병원에 있다가 다시 속가로 돌아가는 경우가 많았다. 혼자라는 외로움과 쓸쓸함을 이기지 못해 그리 되곤 하였던 것이다. 스님들의 삶과 수행의 길이 본래 고독하고 외로운 선택이라 할지라도, 육신의 병이 더하면 물러나는 생각이 드는 것은 인지상정이다. 주변의 도반들로부터 '철인' 이라는 말을 듣곤 하는 나도 가끔 아플 때가 있다. 혼자 아플 때의 고통과 고독은 경험해 본 사람만이 아는 것이다.

집안 내력인지 웬만해선 병원을 찾지 않는다. 본인이 아파도 그렇고 문병도 잘 가지 않는다. 그래서 사람들로부터 오해도 사고 가끔 싫은 말도 듣는다. 그러나 시간이 지날수록 문병을 자주 가야겠다고 다짐을 한다. 아플 때의 마음은 나아지면 덜하지만 그래도 섭섭한 마음은 오래도록 남기 때문이다.

꼭 시간을 내서 노스님께서 퇴원하시기 전에 한 번 더 병원에 다녀와야겠다. 그래서 그 때는 국수를 드시겠다는 허락을 얻어 보도록 해야겠다.

한가위 송편을 빚으며
지난날을 돌아보다

한가위에는 송편을 빚을 때가 제일 추석다운 시간이라는 생각이 든다. 하지만 어린 시절 아들만 다섯이었던 우리 집은 송편을 빚을 기회가 별로 없었다. 애초에 어머니께서 송편을 빚을 마음을 내지 않으셨기 때문이다. 어쩌다 아들들이 졸라서 한 번쯤 쌀을 빻아 송편을 만들 준비를 하기도 했다. 그렇지만 일을 돕겠다는 아들들의 말은 공수표로 돌아가고, 결국 끝까지 마쳐야 하는 부담은 어머니께 고스란히 남겨졌기 때문이다.

명절에 친척들이 오면 시커먼 사내들만 득실거리는 집안을 둘러보고는 혀를 끌끌 차곤 하였다. 어머니 혼자 명절 준비를 해야 하는, 살림에 전혀 도움이 되지 않는 아들들이 애써 준비한 제수음식을 입에

넣을 궁리만 하는 모양이 안 돼 보였던 모양이다. 지금 생각하면 웃자고 하는 소리였지만, 어쩌다 짓궂은 친척들이 아들 하나를 다른 집 딸과 바꾸면 어떠냐는 말을 더러 하곤 했다. 그럴 때면 첫째와 막내를 제외한 나머지 세 아들은 깜짝 놀라 도망을 다니거나 숨어버리곤 했다. 부모님께서 첫째와 막내는 절대 안 된다고 말씀하셨지만 나머지 아들에 대해서는 언급이 없었기 때문이었다.

속가에서는 그렇게 송편 만들 일이 없더니 출가해서는 거의 한 해도 빠지지 않고 송편을 빚는다. 추석 전날이면 근처 산에 올라 적당한 솔가지를 하나 꺾어 솔잎을 따고, 쌀가루 반죽을 해서 저녁식사 전에 식구들이 모두 큰 방에 둘러앉는다. 깨와 콩, 밤 등 송편 속에 넣을 재료들을 준비해서 제각기 솜씨를 발휘한다. 그러다가 슬그머니 장난기가 동하면 송편 속에 고춧가루며 소금을 한 숟가락씩 채워 넣는다. 이렇게 장난을 부린 송편은 특히 예쁘게 빚는다. 그래야 얼른 손이 가기 때문이다.

스님들도 명절이면 음식을 준비해서 차례를 모시고 어른들을 찾아뵙고 인사를 드린다. 출가의 삶이 수행을 근본으로 삼지만 역시 사람이 사는 곳이라 명절은 명절대로 즐겁게 하루를 지낸다.

추석날에도 일찍 차례를 모신 사람들이 절을 찾는다. 근래에는 오랜만에 고향을 찾은 가족 친지들과 가까운 산사를 찾는 것이 일상적인 일이다. 이렇게 손님이 오면 송편과 식혜를 내놓아 손님을 맞는다. 어른스님께 귀한 손님이 오면 특히 예쁜 송편을 골라 대접을 한다. 그런데, 여기서 그만 사고가 나고 만다. 하필이면 고춧가루와 소금을 넣은 송편이 꼭 이때에 올라가는 것이다. 어른스님도 손님도 젊은 스님들이 장난을 한 모양이라고 허허 웃으며 넘어가지만, 그 소식을 듣는 당사자는 혹시나 불호령이 떨어지지나 않을까 가슴을 졸이기도 한다.

몇 해 전부터 차례를 모시고 속가의 부모님께 안부전화를 드린다. 이렇게 명절에도 자리를 함께하지 않는 아들 생각에 혹 속이나 상하지 않을까 염려가 되어서다. 옛날부터 출가해서 수행을 잘하면 구족(九族)이 하늘에 난다고 한다. 부모형제는 물론이고 먼 일가친척까지 좋은 데에 태어나는 공덕이 있다는 것이다. 아무리 출가해서 수행 잘한 공덕이 크다 한들 한 통의 전화로 노인네들의 마음에 위로가 된다면 왜 그 수고를 아끼겠는가. 어머님, 아버님, 그리고 형제들 내내 건강하시고 편안하십시오.

울고 싶은 가을

푸슬푸슬 마른 낙엽들이 떨어진다. 늙고 쇠약해진 느티나무는 채 단풍을 물들이지도 못하고 말라버린 잎들을 떨어내고 있다. 바람의 냉기가 피부를 스칠 때마다 마당에 쌓이는 낙엽이 점점 늘어간다. 걸음을 옮길 때 바삭바삭한 낙엽이 발밑에 밟히면 알지 못할 아스라한 아픔이 가슴에 배어든다.

가을을 타는 걸까! 깎은 머리에 잿빛 옷으로 몸을 가린 지 결코 짧지 않은 시간이 흘렀다. 그런데도 가을이 되면 마음이 스산해지고 감상에 젖어들곤 한다. 산길을 걸으며 가슴 깊이 맑은 공기를 흠뻑 들이마시고, 쪽빛 바다에 무심히 시선을 두어도 한 자락 그늘이 드린 듯 마음이 쉬 밝아지지 않는다. 그냥 아무도 없는 곳에 가서 가슴이 시원해지도록 실컷 한 번 울었으면 하는 생각이 들기도 한다. 어린 시절 원 없이 울고 난 뒤의 그 마음 통쾌함이 사무치는 것이다.

가을 들판은 아직 제대로 영글지 않았다. 가을의 문턱에 들어서서도 쉬지 않는 비 때문에 푸른 기운을 다 털어내지 못하고 있고, 활기 넘치는 황금색 벌판은 아직도 시간이 더 필요한 것 같다. 이렇게 추석이 지나도록 영글지 않은 들을 바라보는 농부들의 심사가 좋을 리 없다. 농부를 이웃으로 두고 살아가는 산사의 생활이라서 더욱 그 마음들이 피부로 느껴진다. 그래서 그럴까, 햅쌀로 지은 밥을 먹어도 향기롭기보다는 풋내가 나는 듯하다.

가을에 접어들면서 찾아오는 사람들이 많아졌다. 오랫동안 소식이 없던 지인들도 그렇고, 한 번도 만난 적이 없던 사람들도 이런 저런 알음알이로 찾는다. 무언가 하나씩의 문제를 품고 오는 경우가 많다. 꼭지가 똑 떨어지는 문제만 있는 것은 아니다. 뭔가 미진한 것이 있는데, 그것이 무엇인지 스스로도 잘 모르는 경우도 있다.

어떤 사람이든 따뜻한 한잔의 차로 맞이한다. 그리고 마주보고 이야기를 나눈다. 나는 만능 문제 해결사가 아니다. 찾아오는 사람들 각각의 고민과 문제를 다 알 수도 없고 해결해 줄 수도 없다. 다만 성의껏 들어주고 생각나는 대로 편하게 이야기할 뿐이다. 어떤 사람들은 시름과 근심을 다 털어내고 가기도 하고, 어떤 사람들은 별 도움을 얻지 못하고 가기도 한다. 하지만 사람들도 완전한 해결책을 기대하고 찾아오는 것은 아니다. 그저 위안이 필요한 경우가 대부분이다. 누군가에게 속마음을 한번쯤 속 시원하게 털어놓고 이야기하고 싶은 것뿐이다. 뒤에 후회나 부끄럼 없이 자신의 고민과 아픔을 들어줄 수 있는 사람을 찾는 것이다.

가을이 깊어가며 자신을 돌아보는 시간이 더욱 많아진다. 돌아보면 잠깐인데, 아쉬움과 후회가 가득하고, 내다보면 해결 못한 귀찮고 힘든 일들이 첩첩이 쌓여 있다. 옛날 어떤 스님은 해가 저물면 땅을 치고 울었다고 한다. 깨달음 없이 하루를 허송한 자신을 참회하고 태만과 게으름에 빠지지 않기 위함이었을 것이다.

우리는 이렇게 매일 매일을 뼈아프게 반성하지는 못한다. 그런데 가을이 되면 문득 가슴 깊이 자신에 대한 깊은 회한이 생겨나곤 한다. 매일 저녁마다 울었던 그 스님의 마음이 가슴에 와 닿는다. 이 스님처럼 한 번 원 없이 통곡을 해보고 싶다. 같이 손잡고 울어볼 수 있는 사람이 있었으면 좋겠다.

한 줄기 들풀이고 싶다

누렇게 익은 은행알들이 마당에 하나 둘 떨어지기 시작했다. 아직 은행나무 잎들은 푸르기만 한데, 어느 사이에 은행들이 익었는지 모를 일이다. 산사에 접어드는 초입에서 보이는 산사의 주변 숲은 점점 더 짙게 가을 색을 입어가고, 성급한 벚나무는 벌써 태반이나 낙엽을 떨어뜨렸다. 이제는 빗자루를 들고 마당을 쓸어나가면 제법 흥이 난다. 쓱쓱 쓸어나가는 대빗자루에도 힘이 실리고 쓸려가는 낙엽들이 부딪치는 소리도 즐겁다.

이곳은 바다를 바라보는 산 중턱에 자리하고 있지만 큰 고목나무들로 둘러싸인 곳이라, 여름이면 무성한 숲에 가려 시야가 훤하게 트이지는 않는다. 그러나 이렇게 가을이 깊어가며 낙엽이 지면 여름내

가려졌던 숨은 경치들이 하나 둘 눈에 들어온다.

여름의 짙은 녹음과 그 그늘은 축복이었다. 더위를 잊고 한철 그늘에 숨어서 맘껏 그늘의 안식과 시원함을 즐겼다. 낙엽이 지며 열리는 광경도 또 하나의 축복이다. 성글어진 가지 사이로 적당히 따뜻한 햇살이 들고, 지난 여름내 성숙해진 들판과 바다가 더욱 친근하게 다가온다.

이 산과 이 절과 이곳 돌과 나무와 풀과 꽃들은 아무리 보아도 질리지 않는다. 십년 가까이 날마다 보고, 걷고, 만지고, 접해도 늘 신선하고 새롭다. 이들은 어디에서 이런 새로움의 기운을 만들어 내는 걸까? 어떤 특별한 능력이 있기에 사랑하고 좋아하지 않을 수 없게 하는 건가.

사람의 만남에는 굴곡이 있다. 가깝다가 멀어지기도 하고, 사랑이 미움으로 변하기도 한다. 또 별스럽지 않던 관계가 특별해 지기도 하고, 모르던 사람이 만나서 친구가 되기도 한다. 변치 않기를 수없이 다짐하고 약속하지만, 그 다짐과 약속의 뒤편에 숨어있던 불안과 우려가 현실로 나타나곤 한다. 못 믿을 게 사람이라고, 나도 상대방도 자꾸 변해간다. 이런 변화에 따라 즐거워하기도 하고 슬퍼하기도 한다. 사람은 이런 굴곡과 변화를 통해서 성장하고 성숙해 가는 것이리라.

그런데 자연과의 만남에는 이런 굴곡이 없다. 자연도 사람과 다르지 않게 변하고 달라지지만 그 변화가 자연스럽게 수용이 된다. 사람은 흰머리와 주름이 늘어가는 것을 슬퍼하고 안타까워하지만, 산과 숲은 그런 표현이 없다. 늙은 가지는 스스로 죽어서 새 가지의 영양을 돕고, 묵은 둥치는 기꺼이 죽고 썩어서 새로 자라는 나무의 거름이 된다. 말없이 세월에 순종하는 것, 이것이 가장 큰 자연의 미덕일 것이다.

사람은 피할 수 없는 일인 줄 알면서도 결사적으로 피하려 하고 몸부림친다. 그 몸부림이 집착이고 더 큰 고통이다. 우리는 말 없는 사람을 보고 자연을 닮은 사람이라고 한다. 그저 묵묵히 자신의 삶을 살아가며, 타인에게 자신을 알아주거나 이해해 달라고 하지 않는다. 때로 들꽃처럼 싱그럽고 아름답고, 보통은 잡초처럼 그렇게 뭇 풀들에 묻혀 지낸다. 말없이 순리를 따르고, 드러나면 드러나는 대로 숨겨지면 숨겨진 그대로 자기 자신일 뿐이다.

사람을 만나고 기억하고 챙기는 일이 쉽지 않다. 타고나기를 사람 챙기는 일에 서툰 인물이라 많이 신경을 쓰고 노력을 한다고 해도 태생적 한계가 있다. 그냥 함께 뿌리내리고 몸으로 스치는 한 줄기 들풀처럼 사람을 대하고 싶다.

•

아이에게 매를 들다

무슨 인연인지 나는 산사에 살면서도 아이들과 함께 산다. 막내가 다섯 살 때 첫아이로 우리 절에 왔었는데, 7년이 지나며 하나 둘, 늘어서 이제는 넷이 되었다. 그저 흔히 하는 말대로 밥숟가락 하나 더 놓으면 되지 라고 생각하다 보니 식구가 이렇게 늘게 된 것이다.

하지만 단순히 숟가락만 하나씩 더 놓는 것으로는 안 되는 부분이 많았다. 건강문제부터 학교생활, 친구관계에 대해서도 살펴야 하고 나쁜 버릇이 생기지 않나 등등 이리저리 신경 써야 할 부분이 적지 않았다. 자신의 뜻과는 달리 부모를 떠나서 산사에서 지내게 된 아이들에게 가장 부족한 것이 부모의 정인 것 같다. 스님들이 아빠노릇, 엄마

노릇을 한다고 해도 아이들에게 결코 만족스러울 수 없는 것이다.

그래서 관심이 지나쳐도 괴롭고 부족해도 어려움이 생기곤 한다. 정이 조금 넘친다 싶으면 한없이 어리광을 부리고, 모자란다 싶으면 저 멀리 비켜서서 마음을 닫는다. 차라리 친자식이면 정말 마음이 편하겠다는 생각이 들 때도 있다. 결코 끊을 수 없는 혈육의 정으로 넘치고 부족한 부분을 채울 수 있겠지 라는 생각에서이다.

한번은 아이들이 가출을 한 적이 있었다. 당시 아이들을 돌보던 사제스님이 거의 쓰러질 정도로 아이들을 찾아다니며 애를 태웠다. 마음고생을 정말 심하게 했었다. 나중에 "왜 가출을 했냐?"라고 물으니 "엄마가 보고 싶어서…."라고 대답했다. 달리 할 말이 없었다. 대신해 줄 수 없는 혈육의 정에 그저 가슴이 메일 뿐이었다. 자녀와 함께 살지 못하는 부모의 아픔도 크겠지만 아이들의 아픔에는 가히 비교가 될 수 없다고 생각한다.

한때 아이들의 피붙이가 찾아오는 것을 허락한 적이 있었다. 하지만 곧 그 일을 그만둘 수밖에 없었다. 가족이나 친척이 한 번씩 다녀가면 아이들이 일주일도 넘게 가슴앓이를 하였다. 밥도 잘 안 먹고 멍하니 정신을 놓고, 매사에 의욕이 없어져서는 껍데기만 남은 사람처럼 지내는 것이었다. 그래서 아이들에게 다짐을 하게 되었다. 고등학교를 졸업할 때까지만 건강하게 공부 잘하고 지내면 그 이후에는 얼마든지 가족을 만나도 좋고, 가서 함께 살아도 좋다며 손가락을 걸었다. 그리고 성장한 뒤에 스님이 가족들을 반드시 찾을 수 있도록 도와주겠다고 손바닥 복사까지 했다.

아이들은 늘 싸우고, 다치고, 부수고, 울고불고… 말썽이 끊이지 않는다. 그래서 때로 야단도 치고 벌을 줄 때가 있다. 그런데, 어떤 잘못이라도 참회와 적절한 벌칙으로 용서를 하지만 한 가지만은 예외다. 거짓말을 했을 때다. 우리 아이들에게 거짓말은 절대적인 금지이다. 작은 거짓말이 큰 거짓말이 되고, 한 번 하면 두 번, 세 번씩 반복되는 것이 거짓말이다.

거짓말을 했던 아이가 다음날 엉덩이에 멍이 들었다고 한다. 너무 태연하고 밝은 표정이 오히려 밉다. 스님 가슴에는 더 아프고 심한 멍이 들었는데, 그리고 절대 반복하면 안 되는데….

많은 사람들이 정을 주고 거두었지만해준이에게 이별은 늘 가슴이 아픈 모양이다.
그렁그렁한 해준이의 눈물을 보면 넉넉하게 채워주지 못하는 사랑에 가슴이 아프다.

산사에 사는 사람이 세상살이에 관심을 가진다는 일은 덧없는 번뇌를 더하는 일에 다름 아니다.
그저 무심으로 자연의 흐름에 몸을 맡기고 마음에 시름이 고이지 않게 지내고 싶다.

99

칭찬으로 키우기

가족문제의 해결책을 찾아주는 TV 방송을 보았다. 아이들이 고집이 세고, 문제가 심해서 부모가 도저히 감당할 수 없는 상황이었다. 어린 동생은 밥도 먹여줘야 하고, 그나마 마음대로 돌아다니며 잘 먹지 않았다. 억지를 쓰면 원하는 것을 들어주지 않고는 해결방법이 없었다. 오빠는 나이 차가 많이 나는데, 몰래 동생을 괴롭히고 심술을 부리곤 했다. 부부간에도 문제해결을 위해 머리를 맞대고 상의하기보다는 상대방에 대한 책임전가와 불평, 짜증이 심했다.

스님들이 그런 상황을 볼 때면 하는 말이 있다. "정말 산에 와서 사는 게 다행이다."는 말이다. 출가수행자는 충만한 신심으로 청정한 삶을 살아가고자 한다. 하지만, 수행에 진보가 없고, 장애에 걸려 헤어나지 못할 만큼 심신이 고달파질 때가 있다. 이럴 때는 적당한 배우자를 만나 자녀들을 키우며 보통의 인생을 살아가는 세속인들의 삶이 때로 편안해 보일 때도 있다. 그러나 잠시 그런 고통의 시간이 지나고 나면 결론은 '역시 이 길을 잘 선택했어!' 이다.

그런데 앞서 밝혔듯이 나는 아이들 넷과 함께 산다. 속가와 출가의 업을 다 지고 살아야 하는 모양이다. 가끔씩 아이들을 더 맡아달라는 주변의 부탁이 있지만 간곡하게 사양한다. 더 키울 능력과 여건이 안 되기 때문이다.

사실 아이들이 어릴 때는 별 문제없이 몇 년간 잘 지내왔다. 그런데, 큰 아이가 중학교에 들어가고, 동생들도 초등학교 고학년들이 되면서 점점 감당하기 힘들다. 말을 해도 먹혀들어가는 느낌이 없고, 저희들끼리만 통하는 뭔가가 생겨나는 것 같다. 앞에서의 태도와 뒤에서의 행동이 다르다고 주변에서 말하는 것을 들으면 속에서 울화가 치밀 때도 있다. 매일 쓰는 일기도 내가 집을 비우면 그날부터 돌아올 때까지 밀린다. 독후감도 마찬가지다.

그러다보니 늘 아이들에게 잔소리를 하게 된다. '뭐는 꼭 해라.' '뭐는 절대 하지 마라.' 야단을 치기도 하고 벌도 주어봤다. 그래도 잘 안 된다. 아이들 문제는 정말 가장 큰 골칫거리다. 마음이 항상 위태롭고 불안하다. '내가 도대체 무슨 업이 있어서 저 놈들과 같이 살게 된 걸까?' 속으로 생각하고 생각해봐도 알 수가 없다. 다 오지랖이 넓어서 스스로 불러들인 일이다.

TV에서는 의외로 쉽고 간단한 해답을 주었다. 부모가 아이들에게 관심을 조금 더 가져주고, 야단보다 칭찬을 하도록 했다. 그리고 원칙이 있는 태도로 꾸준하게 아이들을 대하라고 하였다. 불과 며칠 안 되는 짧은 사이에 골칫덩이 말썽쟁이 아이들은 천사 같은 아이로 변하고 있었다. 관심과 칭찬의 힘이 그렇게 대단한 줄 미처 몰랐었다. 순간 가슴이 아파왔다.

아이들에 대한 칭찬이 부족하다는 말을 주변에서 하곤 했었다. 그 때마다 "잘 하는 게 있어야 칭찬을 하지!" 하고 지나쳐버리곤 했다. 근래 아이들과의 피부 접촉이 거의 없었다. 아마 잔소리꾼으로 변해가는 스님을 피하고 있는지도 모르겠다. 이제부터는 칭찬으로 아이들의 마음과 간격을 좁히는 노력을 시작해야겠다.

해준이의 눈물

해준이는 부석사의 막내다. 다섯 살 봄에 절에 와서 살기 시작했는데, 이제 일곱 살이 되었으니 3년째 부처님 밥을 먹고 있는 것이다. 처음 절에 왔을 때 아이가 얼마나 야무지고 똘똘한지 내가 방청소를 하려고 빗자루를 들면 어느새 쓰레받기를 찾아 옆에 따라다니고, 고사리 손으로 자기 빨래를 한다고 수돗가에 앉아 양말이며 속옷을 주물럭거리기도 하고, 잠자리에 들 때면 옷은 또 얼마나 예쁘고 야무지게 개어놓던지…. 똑 부러지는 말씨와 생각을 어찌나 잘 표현하는지 내심 감탄한 적이 한두 번이 아니다. 어른들이 오히려 민망할 정도로 스스로를 챙기는 정말 어른 같은 아이였다.

한번은 산행을 하려고 나서는데 해준이가 졸졸 따라오기에 왜 따라 오느냐고 물었더니, 자기도 스님 따라 가려고 한다고 대답하였다. 조금은 거친 산길이 될 터이라 따라오지 말라고 했더니 왜 안 되느냐고 되물었다. 구구하게 설명하기도 귀찮고 해서 "내 맘이다."라고 했더니 해준이가 고개를 숙이며 "나도 내 맘 있는데…."라며 은근히 뜻을 꺾지 않았다. 결국 해준이를 데려가지 않았지만 해준이의 "나도 내 맘 있는데". 라는 말은 그날 산행의 화두가 되었다.

유치원에 다니고부터는 어른들보다 또래 아이들과 더 많은 시간을 갖게 된 해준이는 어느새 치기와 동심에 젖어 들고 있었다. 처음 너무 어른스럽고 행동이 기특하기만 하던 아이가 투정도 부리고 억지도 쓰곤 하는 모습이 못마땅하던 내가 "너 왜 애기가 되어가니!"라며 야단을 치면 공양주보살님이 편을 들곤 했다. "스님, 걔는 지금 그 나이에 그게 정상이에요." 해준이도 그 말에 힘입어 항변을 한다. "스님, 저 애기 아니에요. 젖을 먹는 게 애기잖아요."

여름이 되어 학생들과 휴양 차 절에서 머무는 사람들이 늘어나서 열 명 남짓하던 식구가 스무 명으로 늘었다. 그 중 누군가가 가르쳤는지 모르지만 근래 아침공양 시간이면 해준이의 새로운 아침인사가 시작된다. "주지스님, 안녕히 주무셨어요?" "성전 스님, 안녕히 주무셨어요?" "행자님, 안녕히 주무셨어요?"… 처사님, 보살님 두루 찾아가며 온 식구한테 다 합장하며 꾸벅꾸벅 인사를 하는 걸 보면 보는 사람들의 입가에 저절로 미소가 떠오른다.

그렇게 아침마다 인사를 나누던 사람들이 여름이 지나가며 하나 둘 다시 학교로 집으로 돌아가며 맞이하는 이별들이 해준이에게 슬픔을 주곤 한다. 무던히도 많은 사람들이 그동안 오고 가며 정을 주고 거두었지만 해준이에게 이별은 늘 가슴이 아픈 모양이다. 그렁그렁한 해준이의 눈물을 보면 넉넉하게 채워주지 못하는 사랑에 가슴이 아프다.

애들아, 수업시간에 딴 짓 하니?

여름방학이 끝나갈 무렵, 일기와 독후감 쓰기 외에 종일 놀기만 하는 아이들이 마뜩치 않았다. 학원도 다니는 데가 전혀 없었다. 그래서 매일 몇 장씩 문제집을 풀도록 시켰다. 처음에는 그냥 점수만 확인하는 것으로 끝냈다. 하지만 며칠 지나며 보니 너무 틀리는 문제가 많았다.

'아니, 요놈들이 왜 이렇게 실력이 형편없어!' 라고 생각하며 유심히 문제를 살펴보았다. 그런데, 초등학교 4, 5, 6학년 문제치곤 상당히 어렵다는 느낌이 들었다. 특히 사회관련 문제들은 거의 대학생 수준인 듯했다. 학습내용과 용어들이 초등학생 수준치곤 고차원적이었다. 내용설명을 먼저 읽고 한참을 꼼꼼히 따져보아도 아리송한 문제들이 적지 않았다. 대학을 나온 부모들도 아이들이 초등학교 상급반만 되면 직접 가르치기가 어렵다더니 정말 그렇겠다는 생각이 들었다.

노는 토요일과 일요일에 잠시 시간을 내어 아이들과 함께 문제를 풀기 시작했다. 아침식사를 마치고 아이들과 함께 문제를 풀다보면 시간이 금방 지나간다. 그런데 아이들이 너무 기본기가 잡혀 있지 않았다. 그래서 답답한 마음에 "너희들 학교에서 뭘 배우니?" "수업시간에 항상 딴 짓 하는 거 아니야!"라고 나무라듯 말했다. 지금 벌써 같은 문제지를 세 번째 풀고 있다. 다들 몇 번이고 풀어서 100점 맞을 때까지 풀기로 했는데, 별로 가능성이 없어 보여 이제는 그만해야 하나 생각 중이다.

아이들과 문제지를 풀며 몇 가지 의문이 점점 커지고 있다. 학교에서 아이들을 어떻게 가르치고 있는지 가장 궁금하다. 학교에서는 20명도 안 되는 아이들을 모아놓고 어떻게 수업을 하고 있을까? 가르치고 배우는 학습과정도 궁금하고, 교사와 아이들의 인간관계도 몹시 알고 싶다. 성적표를 보면 중간 정도는 되는 것 같은데 왜 이렇게 학습수준이 낮은지 모를 일이다. 정말 시간을 내어 아이들 수업시간에 꼭 한 번 참관해야겠다는 생각이다.

두 번째는 도대체 무슨 기준으로 아이들의 문제지를 만들어내는가에 대한 의문이다. 초등학생의 문제지를 나뿐만 아니라 중학교 3학년 형도, 대학교 2학년 학생도 자신 있게 풀어내지를 못한다. 이런 문제집을 풀어서 100점을 맞는 아이들이 있다는 것도 불가사의한 일이다. 이래서 사교육이 더욱 기승을 부리는 것은 아닐까라는 생각이 든다. 사교육을 통하지 않으면 도저히 풀 수 없는 문제를 내놓고, 그것이 한 발 앞서가는 교육이라고 광고하는 것으로 보인다.

세 번째는 우리의 교육정책 담당자들은 도대체 무엇을 하고 있기에 이런 황당한 교육현실을 만들었나 궁금하다. 세계 어느 나라 학생들보다 학교에서 보내는 시간이 많고, 학원과 학습지 등 공부에 투자하는 비용이 많은 것으로 알고 있는데, 왜 아이들의 실력은 그에 비례하지 않는 것인가. 우리의 초등학생들을 어떻게 가르치고 있는 것인가.

함께 문제를 풀다가 문득 아이들에게 물었다. "애들아, 너희들 학교 가지 말고 나하고 집에서 공부할래?" 다들 손사래를 치며 절대 안 된다고 난리다. 학교에 가는 것은 무척 좋은 모양이다. 하지만 정상수업 외에 다른 시간들로 아이들이 학교에 남는 것은 별로 달갑지않다.

김치국밥과 햄버거

우리 절 둘째 동자 기형이의 생일이 이달 30일이란다. 그래서 친구들을 초청해서 파티를 해주기로 했다. 늘 친구들 생일파티에 보내기만 했지, 우리 아이들을 위해서 파티를 열어주는 것은 전에 없었던 일이라 조금 신경이 쓰인다. 무엇을 준비해 주면 좋을까 궁리하다가 아이들이 무엇을 원하는지 물어보았다. 뭐가 특별하게 먹고 싶으냐는 질문에 아이들은 잠시 머뭇거리고 있었다. 자신들이 원하는 것을 스님이 들어주지 않을지 모른다는 걱정이 생겼던 모양이다. 그래서 뭐든지 말해보라고 다시 부드럽게 말을 했더니 햄버거와 피자도 되느냐고 묻는다. 평소 인스턴트 음식, 특히 햄버거와 피자는 아이들에게 엄격하게 금하고 있었기 때문에 아이들이 머뭇

거릴 만한 이유가 있었던 것이다.

어렸을 때 형제가 많았던 우리 집에서는 시장에서 파는 제일 큰 솥에 밥을 하곤 했다. 쌀을 들여도 가마니로 들이고, 과일이나 과자를 사와도 제일 큰 것을 사와야 형제들이 겨우 입가심을 할 정도였다. 먹어도 먹어도 질리지 않던 그 엄청난 식성들은 지금 생각해도 놀랍기만 하다. 돌도 소화시킬 수 있을 것 같던 그 왕성한 먹성에 무엇인들 맛이 없었으랴만 그 중에 특히 어머니께서 끓여주시던 김치국밥을 제일 좋아하였다. 묵은 김치와 함께 콩나물을 넉넉하게 넣어 푹 끓여 먹던 김치국밥이 너무 좋아서 자주자주 먹자고 어머니를 조르곤 했다.

하지만 식은 밥으로 끓여야 하는 김치국밥을 우리가 원하는 만큼 자주 먹을 수가 없었다. 다섯 아들들이 식은 밥이 남을 여지도 없이 언제나 밥을 다 먹어치웠기 때문이다. 그래서 따뜻한 밥으로라도 김치국밥을 만들어 먹자고 보채면, 어머니께서는 왜 따뜻한 밥으로 국밥을 만들어 먹느냐며 국밥은 식은 밥으로 하는 거라며 잘라서 거절하시곤 하셨다. 그런 날은 저녁 이부자리에 들어서 내일은 일부러 식은 밥을 만들어서 국밥을 먹어보자며 서로서로 모의를 하다가 잠이 들곤 했다.

동자들이 어렸을 때 외식을 나가기 전에 무엇을 먹을 것인지 묻곤 했었다. "애들아, 자장면 먹을까 햄버거 먹을까?" 아이들이 "햄버거요!"라고 하면 그냥 집에서 밥이나 먹자고 하며 짐짓 나가지 않으려는 시늉을 했다. 또 "치킨 먹을까, 피자 먹을까?" 물어서 피자라고 해도 마찬가지로 했다. 그러다 보니 우리 아이들은 외식은 당연히 자장면이나 치킨인 줄 안다. 햄버거와 피자는 먹을 기회가 거의 없었고, 금지 음식이나 마찬가지였던 것이다. 사람이 문제지 음식에 무슨 좋고 나쁜 게 있으랴만은 가능한 우리 아이들에게 패스트푸드는 피하고 싶었던 것이다.

꼬맹이들이 벌써 친구들을 초청해 놓았다고 신이 나있다. 특히 스님의 허락 아래 햄버거를 먹을 수 있다는 데 더욱 기분이 좋은 모양이다. 이미 우리 아이들은 된장찌개도 김치국밥도 맛있게 먹을 줄 알지만 그래도 햄버거와 피자의 유혹이 끊어지지는 않는 모양이다. 저희들끼리 모여앉아 손가락을 꼽아가며 생일을 기다리는 동자들을 보노라니 문득 김치국밥을 먹자고 이야기하다가 잠이 들던 어린 시절이 스쳐 지나간다.

수행에 진보가 없고 장애에 걸려 헤어나지 못할 만큼 심신이 고달파질 때가 있다.

이럴 때는 적당한 배우자 만나 자녀를 키우며 살아가는 일반인들의 삶이 편안해 보이기도 한다.

그러나 그것도 잠시, 결론은 '역시 이 길을 잘 선택했어.'

부석사 특공대 예수님 골수팬도 OK

"스님 내일 친구들이랑 봉사활동 하고 싶은데, 할 거 있나여?"

금요일 오후 부석사 파라미타의 대장인 영주한테서 휴대폰 메시지가 왔다. "그럼, 와." "넵." 간단한 메시지로 내일의 봉사활동을 예약했다.

지난 주 절에 와서 시험공부들 한다고 열심이더니 시험이 끝난 모양이다. 재작년 겨울 봉사활동을 온 부석중학교 아이들을 모아 활동을 시작한 부석사 파라미타가 어느새 1년 반을 넘어가고 중학생이던 아이들이 고등학생이 되었다. 고등학교에 진학하면서 학교가 갈리고 적응기간을 갖느라 잠시 활동이 뜸하더니 다시 활기를 찾아가고 있다.

토요일 오후, 절에서 휴양하는 손 처사님의 승합차에 끼이고 포

개어서 영주랑 부석고에 다니는 아이들이 먼저 올라왔다. 오랜만에 차를 마시자고 했다. 이 녀석들 처음 왔을 땐 거의 매주 차를 마시곤 했다. 그래서 대부분의 아이들이 차 맛을 알 정도로 익숙해 졌었는데 한동안 차를 마시지 못했다. 차를 마시는 중에 수박과 인절미가 나와 차분한 다담을 나눌 만한 분위기는 아니었다. 하긴 십여 명이 둘러앉아 차 마시면서 차분한 분위기를 기대하는 것 자체가 어리석은 생각일 것이다.

부석사 지킴이 종경 스님과 아이들은 봉사를 위해 오랜만에 수련복으로 갈아입고 산행 길에 나섰다. 조금 뒤에 서산에서 도착했다는 명진이와 효순이를 태우고 아이들에게 가서 아이스크림을 한 봉지 사서 안겼다. 시험 때문에 2시간밖에 못 잤고, 자기들은 봉사활동 안 해도 된다는 엄살에도 불구하고 명진이와 효순이는 친구들에게 체포되어 어쩔 수 없이 봉사활동에 참여하게 되었다.

지난해 부석사 인터넷 카페가 생기기 전에 본사인 수덕사 카페에 인연이 되어 '부석사 특공대' 방을 얻게 되면서 부석사 파라미타는 '부석사 특공대' 또는 '부특이'로 불리기 시작했다. 굳이 불교적인 색채를 갖지 않았다. '예수님 골수팬'도 있는 우리 아이들이 이때부터 조금씩 불교적인 인연을 짓기 시작했다. 캠프를 다녀오면 더러 부모님의 인사도 전해오고 집에서 딴 꿀을 가져와서 스님한테 주는 기특함도 가졌다.

　　부처님 오신 날 하루 종일 봉사를 하면서 지쳤어도 삼겹살 파티에 고생을 잊고, 졸업파티 때는 콜라에 족발을 뜯으며 만족할 줄 아는 순박한 아이들. 악동클럽의 골수팬도 있고, 선생님을 짝사랑하며 나이 계산을 하는 조숙함도 보인다. 하지만 그래도 이 아이들의 기본모습은 큰소리치며 고함지르고 자기들끼리 똘똘 뭉쳐 두려움을 모르는 '특공대'다.

한문학당, 작은 씨앗을 뿌리다

미황사 금강 스님에게서 전화가 왔다. 회의에 참석하지 못한다는 연락이었다. 지난 일주일 동안 한문학당을 진행했는데, 너무 지치고 힘이 들어 약속을 지키지 못하게 되었단다. 우리 절에서도 7월말부터 8월초까지 1주일간 한문학당을 운영했다. 36명의 아이들이 참석했다. 우리 절에서 수용할 수 있는 최대 인원이었다. 올해로 4년째다. 미황사의 한문학당을 배워온 것이다. 교재도 같은 것으로 사용한다. 『명심보감』의 효행 부분과 『초발심자경문』, 『법구경』의 좋은 글들을 모아 편집한 것인데, 직접 가르쳐보니 썩 잘 만든 교재다.

사실 아이들에게 전체교육일정을 직접 지도하기는 올해가 처음이었다. 지난해까지는 지금 전등사에 살고 있는 원우 스님이 강의를 전담했었다. 금년에는 전등사의 소임 때문에 올 수가 없어서 내가 직접 가르쳤다. 일주일간 모든 일정을 아이들과 함께해 보니 몇 시간의 특강과 그냥 주변에서 지켜보던 것과는 많이 달랐다. 아이들 하나하나의 개성과 특징들이 눈에 들어오고 전에 느끼지 못했던 깊은 교감이 생겼다.

새벽 4시에 일어나서 예불로 하루를 시작하는 것이 아이들에게는 가장 힘이 들었나 보다. 방학이라 집에서는 보통 9시가 지나서 일어나고 아침식사를 하는데, 4시에 일어나고 7시에 아침공양을 하니 불평불만이 적지 않았다. 반면 시간에 대한 새로운 인식도 생기는 것 같았다. "스님, 하루가 두 배는 길어진 것 같아요." "아침 먹고 나면 점심 먹은 것 같아요."라며 길어진 하루에 대한 자신들의 느낌을 이야기하기도 했다.

카레나 짜장 등 특식이 나오지 않으면 빼먹지 않는 발우공양도 아이들에게는 대단히 새로운 경험이었다. 골고루 깨끗이 먹는 음식에 대한 새로운 인식이 생겼고, 감사의 마음을 가지게 되었다. 마지막 날 아침까지 발우공양을 준비하자 대중스님들과 선생님들도 상공양을 하는 게 어떠냐고 의견을 내기도 했었다. 하지만 처음부터 끝까지 일관된 교육을 위해서 애초의 계획대로 진행했다. 엄격하고 꽉 짜인 학당의 일정과 산사의 생활이 무척 힘이 들고 피곤했을 것이다. 그러나 겨울에 운영하는 영어교실에 꼭 오겠다고 스스로 약속하며 헤어지는 아이들을 보니 참으로 대견하다. 실제로 올해는 지난해 참석자들의 재참석이 많았다. 아이들과 부모들이 다들 원했기 때문이다. 이제는 중학교에 진학하는 아이들을 위한 새로운 프로그램을 요구하곤 한다.

지난해 여름, 한문학당을 비롯하여 각종 수련회와 템플스테이로 두 달 정도 정신이 없을 정도로 바쁘고 힘들게 지냈다. 여름 내내 누적된 피로로 정말 녹초가 되어버렸다. 그때 주변의 지인들에게 농담 삼아 한 이야기가 "스님 생활 정말 힘들다. 전직을 고려해 봐야겠다."였다. 사실 우리 절에서 2003년부터 템플스테이를 운영한 이래 주말에 다른 일정을 잡아본 일이 거의 없다. 도반들과의 여행도 포기해야 했고, 본사나 종단의 행사에 참석하는 것도 시간조정을 잘 해야 했다. 어쩌다가 주말에 템플스테이 신청자가 없는 주에는 식구들이 다 같이 만세를 부르기도 했다.

그래서 한두 달에 한 번씩 쉬는 날을 정하기로 했지만 그것도 그리 여의치는 않다. 특별한 부탁이나 신청이 있으면 거절하기 힘든 경우가 생기기 때문이다. 산사의 부족한 인력과 여건에서 무슨 일을 시작하는 것은 그만큼 고생을 각오해야 한다. 그러나 그렇다고 아무 일도 하지 않을 수는 없다.

·

올해로 5회째가 되는 산사음악회는 서산시에서 가장 대표적이고 널리 알려진 문화행사로 자리를 잡았고, 템플스테이는 서산 부석사를 영주 부석사에 버금가는 지명도를 얻게 해주었다. 처음 10여 명의 마을 아이들을 대상으로 시작했던 한문학당이 이제는 공간이 좁을 정도로 정착되었다. 사실 한문학당이나 템플스테이로 인한 피로와 고단은 출가의 삶을 살면서 주지 노릇하는 보람과 밥값의 다른 면이다. 산사의 이런 활동과 시도들이 아직 대사회활동과 포교가 절대적으로 취약한 오늘의 불교현실을 헤쳐 가는 작은 씨앗이 되기를 바랄 뿐이다.

•

수녀님들의 노래 소리가 그립다

홍성희 선생님은 내게 문자를 보낼 때 늘 '긴급전송'으로 보낸다. 그래서 받은 목록을 보면 홍 선생님 이름 앞에는 모두 빨간색 느낌표들이 붙어 있다. 가끔씩 투정도 곁들인다. 메일을 보내도 답변이 없거나 늦고, 문자도 묵묵부답으로 넘기는 경우가 많다고. 정말 '산에 사는 사람'과 통하려면 자신도 '도(道)'를 닦든지 해야겠다고 가시 있는 한마디를 던지기도 한다.

작년 산사음악회 인사말을 할 때, 홍 선생님 정말 예쁘고 귀엽다고 했는데 기억나시는지 모르겠다. 마치 여고생처럼 감성적이고 호기심도 많은데, 일을 할 때는 과단성도 있다. 아마 홍 선생님의 이런 성격이 수녀님들과의 인연을 만들어 준 것 같다. 홍 선생님은 가끔 이런 예

•

기치 않은 인연을 만드는 특별한 재주가 있다. 지난해 수녀님들이 함께 참여해 노래해 주셨던 우리 음악회가 그랬고, 금년에 그 자리에 신부님을 모시게 된 것도 홍 선생님의 특별한 능력이다.

당사자의 입장에서 봐도 우리 부석사는 참 재미있는 곳이다. 그냥 몇 사람이 모여서 “우리 산사음악회 한 번 해볼까요?” 하고 시작한 일이 수녀님들과의 인연을 맺게 해 주었다. 나는 애초부터 홍성희 선생님이 부석고등학교 음악선생님인 줄만 알았지 성당에서 반주를 하는 가톨릭 신자인지도 몰랐다. 사실 우리는 지금도 그것을 기억해야 할 특별한 이유가 없다.

인사가 많이 늦었지만, 지난해 그렇게 부석사의 가을저녁을 아름다운 모습과 음성으로 장엄해 주신 점에 대해 감사드린다. 우리 불자들뿐만 아니라 자리를 함께했던 서산 시민들로부터 종교인들이 화합하고 협력하는 산사음악회가 참 좋았다는 말을 자주 들었다.

사실 나는 사람들을 잘 챙기지 못한다. 그 때 수녀님들도 그렇게 보내고 인사를 변변히 드리지 못해서 미안했다. 그래서 봄에 우리 절을 방문하신다는 연락이 그렇게 반갑고 고마울 수 없었다. 홍 선생님으로부터 인원이 조금 많을 거라고는 들었지만, 설마 버스로 한 대 가까이 오실 줄은 몰랐다. 까리따스수녀회 소임의 변동이 있어 겸사겸사 준비된 여행이었단다. 조금 오붓한 분위기에서 편안한 자리를 가졌으면 했는데 여건이 그렇지 못했던 것 같다. 그래도 젓가락 갈 데 없는 산사의 소찬을 남김없이 맛있게 드셔주시고, 다담 자리도 즐거워해 주셔서 감사했다.

그 때 수녀님들을 배웅하며 시간을 내서 꼭 다시 찾아 주십사 부탁했는데, 아직 한 분도 연락이 없다. 그냥 인사로 드린 말씀이 절대 아닌데, 혹시라도 내가 연락을 드리면 불편하실까봐 마냥 기다리고 있다. 크리스마스까지도 소식이 없으면 홍 선생님과 팬클럽이라도 만들어 한번 찾아갈까 생각 중이다. 수녀님들께서 늘 청안하시길, 맑은 차 한 잔 우리며 마음의 미소를 전한다.

·

잡초는 남고, 꽃들만 사라지다

숲이 우거진 우리 절은 사람이 사는 곳과 풀과 나무들이 자라는 경계가 불분명하다. 화단을 가꾸어도 금방 잡초들이 자라나 꽃들은 자기들의 자리를 쉬 빼앗기고 만다. 틈틈이 잡초를 매주어야 겨우 철철이 꽃구경을 할 수 있다. 그래서 지난해에는 따로 꽃을 가꾸려고 주변의 빈터에 몇 가지 꽃을 심었다. 생명력이 강한 상사화와 옥잠화를 위주로 이제는 보기 드물게 된 채송화와 봉선화, 섬초롱 등 마음에 친숙한 꽃들이었다.

그런데, 쉽게 자랄 것으로 생각되었던 꽃나무들이 봄부터 수난을 당하기 시작하였다. 새로 산사의 가족이 된 식구들이 잡초를 맨다고 애써 심어놓은 꽃들을 다 파헤쳐버린 것이었다. 처음 파헤쳐진 꽃들을 보고 너무 놀라고 가슴이 아팠다. 평소 잔소리를 잘 하지 않는 성격이지만 도저히 그냥 지나칠 수가 없어 잠시 쓴 소리를 했었다. 그나마 겨우 뿌리를 보존하고 있는 꽃들을 추스르고 노심초사하여 여름이 접어들 무렵에는 그래도 잎과 줄기가 자라나고, 몇 줄기 꽃대가 올라오는 것을 볼 수 있었다.

하지만 이 꽃들에게 다시 고난이 닥쳐왔다. 며칠 집을 비운 사이 꽃들이 너무나 깨끗하게 사라지고 말았다. 휴양 차 절에 머물던 처사님이 잡초를 매던 중에 모조리 잘라버린 것이었다. 마지막 꽃을 피우던 원추리도, 어린아이 손바닥같이 곱게 잎을 피우던 옥잠화도 그렇게 한 해의 인연을 다하고 말았다.

다시 한 번 꽃들에게 벌어진 참상에 말을 잊을 수밖에 없었다. 식구들에게 다시는 모르는 사람이 잡초를 매게 하지 말라고 엄하게 일렀다. 그런 중에도 조금 늦게 꽃대를 내밀던 상사화가 몇 가닥 남아 작은 위안이 되어 주었다. 모진 인연인가 상사화 꽃대들마저도 채 이틀을 못 넘기고 한문학당의 작은 악동들 손에 토막이 나고 말았다. 그저 쓴 웃음밖에는 따로 남은 것이 없었다.

이런 일이 꼭 올해만 있었던 것이 아니다. 몇 해째 해를 계속하면서 꽃과 잡초를 함께 뽑아내고 잘라낸 까닭에 사라진 꽃들의 종류가 벌써 몇 종류인지 알 수가 없을 정도다.

·

잡초는 아무리 캐내고 잘라도 금방 다시 무성하게 자라난다. 반면 꽃들은 한 번 상처를 입으면 다시 회복하기 어렵다. 어렵게 심고 정성껏 가꾸어도 그 명맥을 이어가기가 쉽지 않은데 잡초와 함께 무자비하게 잘라지기를 반복해서야 어떻게 그 존재를 지속할 수 있겠는가.

한문학당의 아이들을 가르치면서 곰곰이 생각해 보니 아이들도 마찬가지인 것 같다. 아이들의 성격과 행동에는 잡초 같은 면도 있고, 꽃 같은 면도 있다. 어떤 아이를 문제아로 단정해 버리면 그 아이의 꽃 같이 좋은 면도 싹이 잘려지고 말 것이다. 결국 이런 일이 반복되면 정말 잡초 같은 사람으로 성장할 수밖에 없을 지도 모를 일이다.

누구나 조금의 관심과 노력, 사랑과 정성, 그리고 시간을 더한다면 꽃을 잘 보존하면서 잡초를 제거할 수 있다. 그런데 무관심과 무지, 무성의가 꽃을 사라지게 하는 것이다. 사람의 일도 결코 이와 다르지 않다. 잡초 때문에 정성을 기울인 꽃을 잃었지만 오히려 좋은 깨침이 되었다.

나이가 들면 꽃이 아름답다

함께 공부를 하던 동무들과 여행을 떠났다. 가까운 거리의 마음에 익숙한 산사(山寺)가 우리들의 목적지였다. 산뜻하고 가벼운 발걸음이었다. 보이는 무엇이든 아름답게 느껴질 쾌활한 기분들이었다. 절 마당에 들어서자 법당보다 먼저 마당가에 핀 화사한 꽃무더기가 눈에 들어왔다. 모두의 발길이 저절로 그리로 향했다.

정말 꽃들이 아름답게 피어있었다. 잠시 마음 가득 꽃을 담고 있는데, 누군가 "와, 정말 예쁘다!"라는 탄성을 질렀다. 그 순간 "나이가 들어서 그래."라는 뾰족한 말이 꼬리를 자르며 이어지고 있었다. 다들 하하 웃고 말았지만 사람들 사이에는 묘한 여운이 남았다.

왜 꽃이 아름답다는 말에 나이가 들었기 때문이라는 말을 했을까? 꽃은 노소(老少)를 막론하고 다들 좋아한다. 그리고 오히려 젊은이들이 꽃과 더 잘 어울리는 싱싱함과 활기를 가지고 있지 않은가. 그 장면이 한참을 머리에 남아 떠나지 않았다. 그러다가 문득 이런 생각이 들었다.

'그래, 젊음은 그 자체가 꽃이야. 그래서 스스로의 아름다움을 제대로 볼 수 없는 것이야.' '숲에서 나오니 숲이 보이네 푸르구나….' 라는 노랫말도 같은 의미일 거야. 40고개를 넘어가며 세월을 돌아볼 여유가 생긴 것이다. 젊음의 혈기에 바쁘고 복잡하게 어우러져 그동안 눈에 보이지 않던 것이 좀 더 뚜렷하게 들여다보이는 것이다.

공자님은 나이 40을 불혹(不惑)이라고 했다. 나이 40이 되니 학문의 길에 더 이상 미혹함이 없다는 말이다. 혼탁한 세상사 속에서 옳고 그름도 아름답고 추함도 있는 그대로 볼 수 있어서 더 이상 흔들림이 없는 자리에 서게 되었다는 것이다.

도인도 성인도 다 세속을 바탕으로 해서 탄생한다. 세상의 이치를 깨달아서 도인이 되는 것이고, 속세의 사람들이 성인으로 거듭나는 것이다. 잡초가 썩어 거름이 되고 이 거름을 양분으로 하여 꽃이 피고 열매를 맺는다. 연꽃은 진흙에 뿌리를 두고 자라지만 더러움에 물들지 않는 청정함을 지킨다. 세상을 살아가는 보통사람들도 다 반쯤은 도와 더불어 살아간다. 다만 한쪽 발이 속가에 묶여 있을 뿐 그 마음이야 도인이나 성인에 비해 얼마나 다르겠는가. 세상 사람들은 때로는 거름이 되고 때로는 진흙이 되기도 하지만 그 속에서 꽃을 피워낸다.

꽃이 아름다운 것을 느낀다는 것은 이제 세상의 급하고 바쁜 일에서 마음이 자유로워졌다는 말에 다름 아니다. 묵묵히 꽃에 영양을 공급하는 흙처럼 그저 가족만을 바라보고 살다가 문득 꽃의 아름다움이 눈에 들어온다면 그 아름다운 꽃은 바로 바라보고 있는 그대 자신이다.

화단에는 다 시들어 철이 지났다고 생각했던 상사화들이 다시 고개를 내밀어 새로운 꽃망울을 틔우고 있다. 저 뿌리들은 뜨거운 햇살 아래서 얼마나 힘을 모았기에 저렇게 또 꽃대를 내미는 건가! 젊은 신도들에게 나이 들었다는 소리를 듣더라도 오늘은 새로 나오는 상사화의 아름다움에 흠뻑 빠져보아야겠다.

꽃에 영양을 공급하는 흙처럼 그저 가족만을 바라보고 살다가
꽃의 아름다움이 눈에 들어온다면 그 아름다운 꽃은 바로 바라보고 있는 그대 자신이다.

바람을 잡아둘 수 없듯이

　　요즈음은 아이들을 데리고 산사를 찾는 사람들이 많아졌다. 절에 오르는 계단 길에 아이들이 하나 둘 먼저 모습을 보이고 뒤에 부모들이 따른다. 어른에 비해 몸이 가벼워서일까…. 힘들어하지도 않고 절 마당에 올라서는 신이 나서 이리저리 뛰어 다닌다. 자연과 어우러진 사찰이 아이들에게는 정말 신나는 놀이터가 되는 것 같다.

　　그렇게 다니다가 스님을 만나면 적지 않은 아이들이 인사를 건넨다. "야~ 스님이다." "안녕하세요?" 뒤따르던 부모들은 불교인이 아니더라도 합장 인사법을 가르치며 "스님한테는 이렇게 인사하는 거야!" 합장하며 가벼운 인사를 건넨다.

숫기가 없거나 아직 어려서 스님을 처음 보는 아이들은 부모님 뒤에 숨기도 한다. 스님들의 깎은 머리가 이상하고 무섭기도 한 모양이다. 심한 경우에는 스님을 보고 울음을 터뜨리는 아이들도 있다. 또 아주 개구쟁이들은 스님의 머리를 만져보려고 애교를 부리기도 하고 부모를 조르기도 하며 갖은 수단을 다 부린다. 이럴 때는 스님도 아이 부모도 당황스러워 처신하기가 쉽지 않다.

어떤 스님들은 아이들이 절에 와서 뛰고 떠드는 것을 아주 싫어한다. 그래서 아이들이 오면 아예 문밖에 나오지 않거나 애초에 야단을 쳐서 조용히 하도록 시킨다.

하지만 아이들은 천성이 뛰어 놀고 떠들게 되어 있다. 비록 사찰이 수행공간이라도 그 도가 너무 지나치지 않는다면 아이들은 자기들 하고 싶은 대로 하게 두는 것도 좋다고 생각한다. 천진불(天眞佛)이란 바로 티 없이 맑은 아이들을 이르는 말이기 때문이다. 마음에 종교의 벽도, 사찰이라는 엄숙함도 두지 않는 본래의 그 모습이 본래 부처님의 모습에 다름 아니다.

바람을 잡아둘 수 없고, 구름을 묶어 둘 수 없듯이 아이들의 천진한 호기심은 엄숙한 산사라고해서 구속할 수 없는 것이다. 오히려 이런 활기 발랄한 에너지를 긍정적인 방향으로 끌어주어야 한다. 시골집이나 외가에 갈 때 그 곳에 계시는 어른들과 자연에 대해서 이야기해 주듯이 산사를 찾을 때는 간단하게라도 산사의 의미나 스님들에 대해 이야기해준다면 아이들의 천진한 에너지는 정말 좋은 방향으로 발산될 것이다.

우리 절은 한적하고 조용한 산사지만 주말이나 휴가철이 되면 제법 찾는 사람들이 있다. 이때는 조용히 방에 있다가도 아이들 소리가 들리면 잠시 마당에 나가본다. 아이들과 눈을 마주치고 인사를 나누기 위해서다. 인연이 되면 손에 작은 염주도 하나씩 끼워주고 어디서 왔는지 물어도 본다. 설사 지나는 길에 잠시 들렀다 해도 몇 시간이나 차에 시달리며 왔을 텐데 누구라도 반겨주는 사람이 있어야 할 것 같아서다. 또 적어도 절에는 스님이 살고 있다는 것은 알 터인데 스님 구경이라도 한번 시켜줘야 되겠다는 생각에서다.

"안녕히 계세요!"

인사를 하고 산사를 내려가는 아이들을 배웅하며 아이들의 마음에 산사가 편하고 아름다운 곳으로 기억되기를 바란다.

오래된 동심

추석이 멀지 않으니 적지 않은 사람들이 고향을 찾아 벌초를 하곤 한다. 벌초를 마치고 나면 옛 기억을 더듬으며 마을의 이곳저곳을 살펴보기도 하고 따로 기억에 남거나 추억이 깃든 장소를 찾는다. 우리 절도 마을에서 얼마 떨어지지 않은 거리에 있는 까닭에 고향을 찾은 사람들이 반드시 들르는 장소의 하나이다.

50, 60대의 나이에 머리는 희게 세었지만 그들의 마음은 여전히 열 살 전후의 동심을 품고 있다. 때로는 마을에 살고 있는 어릴 적 동무를 불러서 같이 절 마당을 거닐며 그 때와 변하지 않고 그대로 있는 법당이며, 누각을 둘러본다. 그러다가 부엌에 장작불을 때는 아궁이가 아직 남아 있는 것을 보면 마음은 순식간에 과거로 돌아간다. 공양주

보살님께 누룽지를 얻어먹던 기억과 감자, 고구마 등을 구워먹던 어린 시절의 살림살이가 문득 생생해지는 것이다. 마을에는 이미 거의 모든 것이 사라지고 바뀌었지만 산사에는 그나마 옛 모습을 그대로 간직하고 있는 것이 있기 때문이다.

이렇게 고향의 옛 절을 찾은 사람들이 다들 하는 말이 있다. 초등학교 6년, 중학교 3년, 고등학교 3년 총 12년 동안 소풍 때마다 한 번도 빠지지 않고 이곳을 방문했다는 이야기다. 물론 봄가을로 있는 두 번의 소풍 중에 한 번 정도는 조금 다른 곳을 선택할 때도 있었지만 그것도 그리 먼 곳은 아니었었단다. 그렇게 최소한 1년에 한 번씩은 빠지지 않고 찾았던 곳이라 감회와 애정도 남다른 모양이다. 절의 현 주지스님한테도 마치 텃세를 부리듯 한마디 던지기도 한다.

"스님은 여기에 주지로 오신 지 얼마나 되셨나요? 우리는 여기서 태어나서 자라면서 줄곧 이리로 소풍을 왔었는데…."

그러면 웃으면서 말을 건넨다. "하하, 얼마 안 됐습니다. 전에는 절이 어땠나요?" 나로서도 우리 절의 옛 모습이 궁금하기도 하고 또 이분들의 기억에 남아 있는 추억의 한 조각을 엿보고 싶은 생각이 들기 때문이다. 사실 어른들의 엉뚱한 질문은 스님을 적잖이 당황케 한다. 그래도 어린 시절의 기억을 품고 찾아오는 그 오래된 동심들이 참 예쁘다.

요즘도 아랫마을 학교의 아이들이 절로 소풍을 오곤 한다. 하지만 과거에 비해 학생 수가 형편없이 줄어들어 초등학교 전교생을 다 해봐야 100명 남짓이다. 어떤 노인의 표현을 빌면 '한 삼태기'도 안 될 것 같은 적은 인원이다. 지켜보노라면 아이들도 선생님들도 별로 흥이 없어 보인다. 인원이 적은 이유도 있겠지만, 평소 현장학습의 명목으로 찾았던 놀이공원이며 민속촌 등 재미있고 신나는 장소에 비해 나은 게 없기 때문일 것이다. 과거 이 아이들의 부모들이 보물찾기를 했던 늙은 고목의 구멍도, 눈앞에 보이는 빛나는 바다도 그저 별 감흥과 의미를 주지 못한다.

이 아이들도 자라면 분명 대부분이 도시로 나가 살게 될 것이다. 그러면 이 아이들도 마음속 한구석에 고향을 품고 살아가게 될 것이다. 어차피 오는 소풍이라면, 세월이 지나도 사람들의 가슴에 남아있을 그런 아름다운 시간이 될 수 있도록 했으면 좋겠다. 선생님들과 사찰의 스님들이 조금만 더 관심을 가졌으면 하는 바람이다.

공은 차는 것이고 무는 먹는 것이다

어느 신도가 스님을 만나서 던진 질문 하나, "스님! 올바로 보는 것이 무엇입니까?"

스님 왈, "삐딱하게 보지 않는 것입니다." 스님의 무성의한 듯한 대답에 시큰둥했던 그 사람의 또 다른 질문, "스님! 공(空)은 무엇이고 무(無)는 무엇입니까?" 스님 왈, "공은 차는 것이고 무는 먹는 것입니다."

두 번에 걸친 질문과 대답 속에 더 이상 불만을 참지 못한 신도님이 한마디 쏘았다. "스님, 왜 뜬금없는 대답을 하고 그러십니까? 저는 선문답 하자는 게 아닌데요." 스님 왈, "하하, 머리도 꼬리도 생략된 뜬금없는 질문에 저로선 그런 대답밖에 생각나지 않아서요. 제가 대답할 만한 질문을 주시면 잘 대답해드리겠습니다."

위 대화의 주인공 S스님이 치질로 고생해 왔다. 증세가 심해지면 수술을 해야지 하다가는 조금 좋아지면 미루고 미룬 것이 10여 년을 지내오게 된 것이다. 더 이상 미룰 상황이 아니라 큰 마음 먹고 수술을 받게 되었다. 그리 소문낼 만한 병이 아니라 절 식구들에게는 그냥 지병이 있어 수술했다고만 알리고 말았다.

하지만 대중이 몇 안 되는 작은 절에 살던 S스님의 입원 소문은 금세 신도들에게 전해졌고, 무슨 병 때문에 입원했는가보다는 그냥 스님이 2주간이나 입원을 했고, 평소 몸집이 있던 S스님이 살이 많이 빠져서 돌아왔다는 말이 퍼지게 되었다.

며칠 뒤 그 절에서 산사음악회가 열렸는데, S스님이 시낭송을 하였다. S스님을 잘 알지는 못했지만 스님의 책을 통해 S스님에게 상당한 관심을 갖고 있었던 음악회의 사회자는 어떻게 스님의 수술과 건강에 대한 이야기를 들었는지 그날 스님의 소개말에서 "… S스님은 이 절에서 가장 인기가 있는 스님이구요. 근래에 수술을 받아 건강이 아주 좋지 않으신데도 자리를 빛내주기 위해 이 자리에 나오셨습니다. 속히 스님이 건강을 회복하시기 바랍니다…."

S스님을 잘 모르는 사람들은 물론 그 스님을 잘 알던 신도들과 스님들까지 S스님이 상당히 심한 중병에 걸렸나 보다 오해할 정도로 사회자의 소개는 심각한 수준이었다.

음악회가 끝나고 도반스님들이 모여서 "스님 괜찮아? 정말 괜찮은 거야?"라며 우려의 말을 나누는데, 한 스님의 말에 그만 폭소가 터졌다.

"와! 아무리 스님이 병에 걸리면 '중(스님)병'이라곤 하지만 그렇게 죽을 병에 걸린 것처럼 말하면 앞으론 아프단 소리도 못하겠다."

•

S스님과 컴퓨터 모니터

지금은 대다수의 사찰에서 컴퓨터를 이용해 사찰의 업무를 보고 있으며, 대부분의 스님들이 컴퓨터를 사용한다. 하지만 아직 스님들의 컴퓨터 사용은 극히 제한적이고 전문지식이 없는 관계로 아주 사소한 일로 어려움을 겪기도 한다. 본인에게는 당황스러운 일이 되고 또 무안스러운 기억이 다른 이들에게는 두고두고 우려낼 수 있는 웃음거리를 만들기도 한다.

서울에서 일을 보게 되어 O사찰을 거처로 정하고 있는 S스님은 도반들 사이에서 인정받는 대표적인 기계맹(기계에 대해서는 거의 장님에 다름없이 어두움)으로 본인도 인정하고 있는 사실이다.

여행을 좋아하는 이 스님은 감수성이 예민한 까닭에 시와 노래를

•

벗 삼아 지내며 글과 더불어 지내는 천상 시골스님(?)이다. 그런데 인연이 어떻게 엮였는지 몇 철 선방을 다니더니 서울에 정착하게 되었다. 서울 일이라는 것이 컴퓨터와 인연을 맺지 않고는 살기 어려운 환경이다 보니 S스님도 자연스레 개인용 컴퓨터를 갖게 되었다. 신도가 선물한 간단한 기능의 면도기조차 어려워하는 기계맹스님이 컴퓨터를 사용한다는 사실이 놀라웠다. 근래에 들어 워낙 좋아진 컴퓨터 환경 덕에 제법 인터넷도 이용할 줄 알고, 알려 준 절차대로 기본적인 사찰관리 프로그램도 사용하곤 하였단다.

한번은 S스님이 전화를 해서 컴퓨터가 이상해졌다고 기술자를 불러야 하는지 묻는다. 증상을 들어보니 플로피 디스크를 드라이브에 그냥 둔 채 컴퓨터를 켠 까닭에 부팅이 되지 않은 것이었다. 플로피 디스크 배출 버튼을 누르고 엔터(Enter)를 누르라고 하니 "앗! 된다."는 소리와 함께 전화가 끊어졌다. 이렇게 번번이 "화면이 작아졌네, 소리가 안 나네." 하며 고단한 컴퓨터와의 동거를 시작한 지 얼마 후, S스님은 새 컴퓨터를 장만하였다.

모니터가 너무 무거워 책상이 휘어진 내 경험에 비추어 최신유행의 액정모니터를 구입하기를 권하였는데, 새로 컴퓨터를 들여놓은 S스님은 도반들에게 자신의 최신 컴퓨터를 자랑하곤 하였다. 어느 날인가 도반들이 모였을 때 특히 날렵하면서 자리를 차지하지 않는 모니터를 두고 S스님의 자랑이 시작되었다. 하지만 이 날은 불행히도 S스님의 컴퓨터 자랑이 끝나는 날이 되고 말았다.

입담 센 도반스님 하나가 "컴퓨터는 잘 하지도 못하면서 기계 자랑만 하니, 장님이 보지도 못하면서 고급 안경 자랑하는 것과 뭐가 다르냐."는 핀잔에 그만 입을 다물 수밖에 없었던 것이다. 그 뒤로도 플로피 디스크에 원고를 보관해야 한다는 누군가의 말에 정작 하드디스크에는 저장을 하지 않았다가 손상된 플로피 디스크를 놓고 입맛을 쩝쩝 다시는 S스님은 천상 시골스님이다.

그리운 도반 이야기

수암 스님은 나의 행자 도반이다.

스님들 사이에서 행자도반은 친형제나 다름없는 사이다.

병아리가 알을 깨고 나오듯 알 속에서의 고통과 성숙해가는 과정을 견디면서

마침내 계를 받아 스님이 되는 데 있어 속세의 과거를 뛰어넘어

출가인으로 새롭게 탈바꿈하는 과정을 함께하기 때문이다.

깔끔 존자, 꼿꼿 존자

출가인의 삶은 자기 스스로 자신의 모든 것을 챙겨나가는 것이 가장 멋지다. 매일 저녁공양 전 소임을 마치고 자잘한 빨래거리들을 세탁하는 일도 그 중 하나다. 지금은 속가는 물론이고 산사에서도 거의 사라진 모습이지만, 스님들이 구멍 난 양말을 꿰매 신는 일은 소욕지족을 실천하는 소박함을 단적으로 보여주기도 한다. 하지만 한편으로 신도들이나 일반인의 눈에 가장 안쓰러운 일이기도 한 것이 속옷이나 양말 등을 직접 빨래하고 정리하는 스님들의 모습이기도 하다.

강당시절은 출가 의지와 기운이 가장 왕성한 시절이라 눈에 띄는 별난 행동들이 두드러지기도 한다. 상우 스님은 몇 가지 면에서 도반들의 관심을 많이 끌었던 스님이다. 성격과 하는 행동이 깔끔해서 '깔끔 존자'라고 불리기도 했고, 원칙은 어떠한 경우라도 지켜야 한다며 꼿꼿한 고집을 버리지 않아 '꼿꼿 존자'라 불리기도 했다.

그렇게 '깔끔'과 '꼿꼿'을 본분으로 삼는 스님에게도 별난 모습이 있었다. 누구라도 한 번씩은 양말을 꿰매어 신지만 상우 스님은 정도가 심했다. 다른 스님이 버린 양말까지 주워서 모아두곤 했는데, 시간이 날 때마다 떨어진 양말들과 씨름하기에, 너무 궁상스럽다고 핀잔을 듣기도 했다.

언젠가 상우 스님이 자신의 관물장을 열어 옷을 두 벌 꺼내더니 좀 보아달라고 했다. 며칠 전 옷을 갈아입고 빨래거리를 넣어두었는데 잘 구별할 수가 없다고 했다. "아니, 어떻게 자신이 넣어둔 빨래거리도 구별 못하는가, 시력이 그렇게 나쁘냐?"며 옷을 살펴보았는데, 빨아서 잘 개켜놓은 옷들이었다. 다 새 옷인데 무슨 빨래거리냐며 관물장을 다시 살펴보라고 하니, 그 옷이 다르며 분명히 빨래거리가 있으니 잘 살펴보라고 다시 부탁하는 거였다. 분명히 며칠 전 옷을 갈아입고 나중에 빨 요량으로 두었다는 것이다. 그러면서 자신은 원래 빨래거리도 잘 개켜놓는 버릇이 있는데 구별을 못하겠다고 한다. 그래서 옷깃이며 소매를 비롯해 때가 잘 타는 곳을 눈여겨보았지만 도저히 구별해낼 수 없었다.

빨래거리까지 그렇게 각을 맞춰 개켜놓는 성격도 그렇고 2주일은 입었다는 옷이 빨아놓은 옷과 구별조차 할 수 없게 깨끗한 것도 정말 희한했다. 그 뒤 도반들은 상우 스님의 깔끔이 경지가 높아져 이구지(離垢地: 더러움을 여읜 경지)에 오른 것인가 보다며 부러워하기도 했다.

어느 화창한 봄날, 점심공양을 마치고 우리 반 스님들은 안행으로 큰방을 향하고 있었다. 상우 스님은 그 때 반장소임을 맡아 맨 앞에서 걷고 있었고, 줄의 뒷부분에 있던 스님 몇은 날이 너무 좋아 산행이라도 가면 좋겠다고 속삭이며 뒤를 따르고 있었다.

그런데 갑자기 행렬이 법당을 향해 가는 것이었다. 뒷사람이 앞사람을 따라갈 수밖에 없는 것이 안행이라 다들 의아해 하며 법당에 들어갔다. 혹시 우리가 모르는 무슨 울력거리라도 있나 하고 다들 궁금해 했다. 그 때 상우 스님이 앞에 나서더니 안행 중에 말을 하는 사람이 있어 법당에 왔으니 다같이 108배 참회를 하겠다고 했다. 평소 원칙에 충실한 상우 스님을 잘 알고 있던 터였다. 그렇지만 눈앞에 닥친 현실은 강당생활 가운데 들어본 적이 없을 정도로 너무 황당했다. 몇몇이 이의를 제기했고, 이야기를 한 스님들은 자신들이 책임지고 참회하겠다고 했지만 결국 다함께 참회를 할 수밖에 없었다.

다음날 점심공양을 마치고 법당 앞을 지날 때 한 스님의 나직한 투덜거림이 터져 나왔다. "오늘은 108배 안 하나!" 그 순간 행렬은 다시 법당으로 향했다. 이틀이나 연속 108배를 한 스님들은 아랫반 보기 창피하다며 융통성 없는 상우 스님을 비난하기도 했다. 하지만 상우 스님은 자기를 놓고 전체 도반이 융통성이 없다고 해도 도리어 다들 원칙을 존중하지 않는다며 끄떡도 하지 않았다. 오히려 모범을 보인 것이니 더 당당해야 한다는 말로 도반들의 입을 막아버렸다.

건강이 안 좋아져서 한동안 고생을 했다고 들었는데, 만나면 늘 여여하다. 선원을 전문으로 다니지는 않아도 결제 철에는 선방에 가거나 기도를 하며 게으름 없이 자신을 닦아간다. 이제는 세월이 지나 그 꽉 막힌 융통성도 여유가 생겼다. 하지만 타인에 대한 융통성일 뿐 자신에 대해서는 한결같은 고지식함을 지니고 있다. 때로 컴퓨터나 카메라 등 기계류에 대해 관심을 가지는 것이 어울리지 않아 보이는데, 자신의 수행생활과 어긋나지 않는다며 이 또한 당당하다. 가끔 도반들의 풀어진 모습을 보며 나직이 끌끌거리며 혀를 차는데 늘 견고한 그 초발심의 열정은 도반들의 가슴을 뜨끔하게 하곤 한다.

옷에 불구멍 가실 날 없네

덕숭산 수덕사는 근대 한국 선불교의 중흥조 경허, 만공 스님의 법맥이 이어지는 도량이다. 그런 까닭에 산세가 작고 가람의 규모가 그리 크지 않음에도 삼보사찰에 이어 조계종 덕숭총림으로 지정되어 그 위상과 격을 달리하고 있다.

경허 스님의 어록을 보면 늘 '호서로 돌아가는 승려'라는 표현이 나오는데, 경허 스님이 늘 돌아가고자 했던 그 '호서'는 바로 수덕사를 중심으로 서산의 천장사, 개심사, 부석사다. 이 곳 절들은 경허 스님의 보림처이며 선불교 중흥의 기틀을 다지고 후학 지도의 인연이 익어진 곳이다. 경허 스님은 무애자재의 행으로 일세를 풍미한 무애도인으로 알려져 있으며, 선사의 걸림 없는 무애행은 출가스님들뿐만 아니라 세간에까지 널리 알려져 있다. 경허 스님의 활달한 선풍은 만공 스님과 그 법손을 통해 덕숭산의 가풍으로 자리를 잡아왔다.

보리 스님은 이런 덕숭산의 가풍을 잇고 있는 스님 중 한 분이다. 스님은 아직 젊다. 이제 삼십 중반에 접어들었다. 하지만 수덕사 생활은 30년이 다 되어간다. 흔히 말하는 동진으로 절에서 자랐고 일찍 계를 받았다. 그렇다고 해도 아직 덕숭산의 가풍 운운하기엔 너무 젊은 나이다. 그렇지만 덕숭총림 정혜사 선원을 한 철이라도 난 스님이라면 보리 스님이 덕숭산 가풍을 잇고 있음을 다들 기꺼이 인정한다.

보리 스님은 늘 맨발에 검은 고무신을 신고 다닌다. 옷은 다 낡아 떨어지고 군데군데 불구멍이 송송 나있다. 어깨는 장정처럼 떡 벌어져 있고 사람을 만나면 씩~ 웃는 웃음이 순박한 마을 총각을 연상케 한다. 생활이 일이고 일이 생활이라, 보리 스님은 빗자루와 물 양동이가 손에서 떠날 새가 없으니 양말은 신으나 마나고, 아궁이 앞에 앉아 공양주를 마다않으니 옷에 불구멍 가실 날이 없다.

보리 스님은 선농일치(禪農一致), 선수행과 농사일을 한결같은 본분사로 삼으셨던 덕숭총림 2대 방장, 벽초 노스님을 꼭 빼닮았다. 실제로 벽초 노스님의 무릎에서 자랐다는 보리 스님의 행동거지 하나하나가 노스님의 생전 모습과 다르지 않다고 한다. 노스님께서는 방장으로 계시면서도 "큰스님" 하고 부르면 "노스님이라고 불러." 하시고, 절을 올릴 때면 "한 번만 해, 한 번만." 하시며 삼배 받기를 사양하셨다. 법상에 오르지 않으니 큰스님이라는 호칭도 법사에 대한 삼배례도 당신과는 관계없는 일이었던 것이다. 혹 신도가 인사를 한다고 하면 보리 스님은 어디론가 사라지고 없다. 큰스님 옆에서 자라면서 신도의 절 받는 일이 얼마나 막중한 일인지 잘 아는 까닭이다.

계를 받기 전에는 초등학교 졸업할 나이부터 수덕사에서 정혜사까지 1,080계단을 쌀 지게를 져서 나르고, 공양주를 살면서 수좌스님과 신도들을 시봉하였다. 계를 받고 나서도 일은 똑같이 하면서도 철철이 선방에 앉아 정진에 들어가더니 십여 년 세월 동안 한 철도 쉬는 것을 못 보았다. 공양주가 복 짓는 일이라며 혹 다른 스님이 공양주 살기를 원하면 두말없이 자리를 양보하고, 누구든 소임 보기 싫어하는 일을 맡기에 꺼림이 없다. 십 년, 십오 년 세월이 지나가면서 아랫자리가 많아지고 점점 윗자리로 가는 것이 오히려 부담스러운 눈치다. 맘껏 일을 하지 못하고 오히려 눈치를 봐야 하는 게 갈수록 자유롭지 못하다.

대중이 움직이는 일을 즐겨하진 않지만 절대 빠지지도 않는다. 분명 얼굴을 보았는데, 나중에 찾아보면 어느새 사라지고 없다. 할 말이 있으면 보았을 때 하거나 약속을 해야지 일 없이 오가는 법이 없다.

보리 스님은 무학이다. 학교를 다닌 적이 없다. 잠깐 학교의 인연을 만들기는 했으나 학교의 인연이 절의 인연과 병립할 수 없었던 것이다. 타고난 총기로 필요한 공부는 절에서 스스로 마쳤다. 그래서 보리 스님의 수계에 논란이 일기도 했단다. 제도적으로 계를 받는 데 문제가 있다는 것이었다. 어려서부터 절에서 자라 이미 뼛속까지 스님 사상이 배었는데 수계를 인정할 수 없다니 난감한 일이었다. 하지만 곧 스님의 지나온 이야기가 전해지고, 덕숭산 가풍의 계승자로 인정받았다. 아직도 이런 올곧은 동진이 존재할 수 있는가 하는 놀라움의 대상이 되어버렸다.

오래 전부터 수덕사에는 동자들을 키워왔다. 절에서 키우는 동자들은 더러 가출도 하고, 이런저런 일로 절에서 살지 못하고 떠나가는 일이 있다. 하지만 보리 스님과 함께 자란 정혜사 동자들은 든든한 맏형 보리 스님 덕에 다들 잘 자라 대학도 가고, 출가하여 계를 받기도 하였다.

적지 않은 동자들이 절과 인연을 맺고, 자라서 계를 받기도 하지만 보리 스님 같은 동진출가는 참으로 귀하고 귀한 일이다. 옛 스님의 발자국을 밟아가며 오직 실천행으로 수행의 기본을 삼고, 겸손함으로 자신의 흔적을 감추며 안으로만 자신을 찾아갈 뿐이다.

피붙이 같은 행자 도반

대부분의 사람들은 출가스님들의 삶
이 무척 외롭고 쓸쓸할 것이라고 생각하는 것 같다. 피붙이와 친지를
떠나 평생 홀로 살기로 서원하고 세상과 단절된 삶을 살아가는 깊은 산
속 수행승의 이미지가 각인된 까닭일 것이다. 하지만 스님들의 일상을
들여다보면 남들 생각처럼 그렇게 외롭고 쓸쓸한 생활을 하는 것은 아
니다. 출가는 단절과 고립을 뜻하는 것이 아니라 새로운 세계로의 재출
발이기 때문이다. 그래서 입산해서 행자생활을 할 때부터 도반이 생기
고, 강원과 선원 생활을 통해서 뜻을 함께하고 의지가 되어주는 좋은
벗들을 만날 수 있다.

수암 스님은 나의 행자도반이다. 입산해서 아직 머리도 깎지 못

하고 부엌일을 거들며 행자생활에 적응해 가고 있을 때였다. 해질녘에 새로운 행자가 왔다고 하여 가보니 두꺼운 안경을 쓴, 나이가 무척 많아 보이는 처사 한 명이 와 있었다. 그 처사가 나와 같은 날 삭발을 하고 수계도반이 된 수암 스님이었다.

스님들 사이에서 행자도반은 친형제나 다름없는 사이다. 때로는 출가의 뜻과 마음을 일생 함께할 수 있는 까닭에 출생을 함께한 혈연보다 더 굳건한 관계가 되기도 한다. 행자생활이 중요한 이유는 출가생활의 기본이 행자시절에 거의 만들어지기 때문이다. 병아리가 알을 깨고 나오듯 알 속에서의 고통과 성숙해가는 과정을 견디면서 마침내 계를 받아 스님이 되는 데 있어 속세의 과거를 뛰어넘어 출가인으로 새롭게 탈바꿈하는 과정을 함께하는 것이 행자도반이다.

나이 들어 보이는 외모와 달리 같은 또래였던 수암 스님은 출가 전에 고교와 대학시절 불교학생회 활동이 인연이 되어 입산하게 된 계기가 같아 다른 도반들보다 좀 더 친밀했다. 가끔 먼저 입산한 상행자들의 부당한 태도에 속상해 하고 힘들어 할 때 은근히 다가와 같이 욕하기도 하면서 위로와 격려를 해 주었다. 수암 스님은 나보다 며칠 늦게 입산했으면서도 절 사정에 밝아, 여러 가지로 어려움에 부딪칠 때마다 가르쳐 주는 일이 많았다. 큰스님의 49재를 만나 매주 수천 명의 밥을 해대느라 밥 냄새만 맡아도 속이 울렁거려 공양도 제대로 못하면서도 자기 소임은 끝까지 감당해내고, 암자의 스님이 키우던 벌떼가 날아갔다고 도와달라는 부탁에 얼굴을 온통 쏘이고 와서 끙끙 앓아누워서도 자기 일은 스스로 책임을 지곤 하였다.

계를 받고 먼저 강원에 가서 공부를 할 때는 배운 교재와 자료를 가져와 설명을 해 주면서 뒤늦은 도반에게 자신의 공부를 나누곤 했고, 아직 경험해보지 못한 다른 산중의 대중살이와 분위기를 들려주기도 했다. 방학을 맞아 본사에 오면 밤늦도록 이야기하다가 같이 잠이 들어도 도반의 몇 분간의 휴식을 위해 먼저 일어나서 도량 목탁을 치거나 종송을 해 주기도 하는 자상함을 보여 주기도 했다.

수암 스님은 오신채와 멸치 국물도 못 먹는 철저한 산승 체질로 수년간 도시에 살면서도 음식에 대해서 한 점 불평과 불만이 없었는데, 혹 신도들이 공양대접을 한다고 식당을 가도 그저 자신이 먹을 수 있는 음식 몇 가지만 가려 먹을 뿐 좋고 나쁜 표현이 일체 없다.

수암 스님은 아직도 출가 전에 인연 맺었던 불교 모임의 동기와 후배들과 소식을 끊지 않고 이어나가고 있으며, 고향에 내려가면 속가하면 속가 인연을 깨끗이 정리하여 속가의 가족이나 친지, 친구를 찾지도 만나지도 않는 것으로 잘못 알고 있는데, 오히려 오래되고 묵은 옛 인연을 출가의 새로운 인연으로 엮어서 더 좋은 불연으로 승화시켜가는 것이다. 십여 년 전 한 대학의 불교동아리와 맺은 지도법사의 인연도 그 곳을 떠난 지금까지 이어져 오는데, 방학이면 학생들이 절에 찾아와서 공부도 하고 기도도 하며 스님과의 만남을 계속하고 있다. 그 중에는 출가해 수암 스님의 상좌가 된 사람도 있고, 짝을 이룬 학생들이 여럿 주례를 부탁해 도반들 중에서 최다 주례기록을 가지고 있기도 하다.

지금까지 수년째 살고 있는 홍성 용봉사에는 일요일이면 인근 부대의 장병을 태워 와서 법회를 베풀고, 근처의 교도소 법회를 비롯해 힘이 닿는 한에는 지원을 아끼지 않는다. 그 동안 차곡차곡 모아온 법회의 설법문안은 두꺼운 파일로 몇 개가 쌓여가고 있으며, 설사 짧은 법문이라도 꼼꼼하게 챙겨서 가벼이 넘기지 않는다. 여러 가지 일로 피로가 심해 휴게소나 길가에 차를 세우고 잠시 눈을 붙이더라도 스님을 찾는 인연에게는 반드시 시간을 내어 찾아가 보는 열성이 식지 않는다.

이젠 윗머리까지 훤해져서 겉모습은 노스님이 다 된 수암 스님이 언젠가 은사스님의 출타에 시봉한다고 나섰을 때, 은사스님께서 "내가 널 시봉해야겠다." 하시는 바람에 씁쓸하게 웃은 적이 있단다. 눈에 띄지 않는 작은 산골 절의 담백함을 가득 담고 사는 수암 스님은 은사스님보다 더 나이가 들어 보여도 행자시절의 신심을 품고 사는 '늘 젊은 스님'이다.

설거지 통의 음식 찌꺼기를 끓여먹던 스님

수덕사 행자시절 어느 날, 객스님이 한 분 오셨다. 예의가 바르고 말투도 무척 점잖은 스님이었다. 객실에서 하루를 머문 그 스님은 다음날 아침 공양을 마치고, 어른스님을 뵈올 수 있겠느냐고 청을 넣었다. 당시 보통 객스님들은 원주스님이나 재무스님을 찾아 여비를 받아가는 것이 일반적이었다. 따로 어른스님을 찾는 경우는 드물었기 때문에 의아한 생각이 들었지만 주지스님을 뵐 수 있도록 주선해 주었다. 주지스님을 뵙고 나온 그 스님은 객실에 가서 걸망을 가지고 성큼성큼 행자실로 건너오는 것이었다.

행자실에 들어와서는 "인사드리겠습니다." 하며 행자들을 향해 먼저 큰 절을 하는 것이었다. 깜짝 놀란 행자들도 황망하게 맞절을 하였다. 잠시 자리를 정리해서 행자반장이 중심이 되어 몇 마디 대화를 나누게 되었다. 사연인즉 스님은 타종단에서 계를 받고 몇 년 지내면서 노스님을 모시고 경 공부도 하였는데, 조계종에 재출가하러 왔다는 것이었다. 아무리 타종단 스님이라 하여도 스님은 스님이고, 현성 스님은 그 언행이 워낙 점잖아서 행자들이 쉽게 대할 수 없었다.

당시 수덕사는 행자복이 따로 없어 행자들도 승복을 입었는데, 현성 스님은 혹 오해가 있을까봐 언제나 "행자입니다."라고 먼저 인사했다. 하지만 본인이 아무리 행자라고 해도 다들 곧이듣지를 않아 자주 오해가 따르곤 했다. 그래서 궁여지책으로 자신이 입고 온 깨끗한 승복을 다른 행자들에게 주고 자신은 가장 낡은 옷을 얻어 입곤 했다.

훌륭한 스님을 인연으로 공부를 하였던지, 현성 스님은 행자실에 색다른 바람을 일게 하였다. 유연하게 넘어가는 염불소리는 다른 행자들과 격이 달랐고, 초발심자경문을 배울 때는 강사스님과 엇비슷한 태도와 목소리로 인해 다들 킥킥거리는 웃음을 참느라 애를 먹기도 하였다. 속가 말로 '애늙은이'라고 하듯이 제대로 '스님물이 푹 절은 행자'로 인해 산중의 행자들은 한동안 무척 즐겁게 지냈다.

새벽 3시가 채 되기 전에 일어나서 밤 9시까지 잠시도 쉴 틈 없이 돌아가는 행자실은 그야말로 군대의 훈련소와 다름없었다. 그래서 조금이라도 시간이 나면 구석에 앉아 잠시 등 붙이고 발 뻗고 쉬고 싶은 생각이 구름처럼 밀려오곤 했다. 하지만 현성 스님은 달랐다. 울력이 있으면 미리 준비도 다 해놓고, 일이 끝나고 나면 뒷마무리도 혼자서 다할 때가 많았다. 일을 얼마나 잘하는지 군에서 배웠다는 칼질은 주방장 수준이고, 삽질이며 비질, 지게질에 밭일까지 못하는 일이 없었다. 잠시 안 보인다 싶으면 창고며 다락에 가서 짐들을 정리하고 묵은 쓰레기며 잡동사니들을 꺼내서 청소를 하곤 했다.

공양주를 살 때는 다른 울력을 면해 주는 까닭에 거의 종일토록 공양간을 떠나지 않았다. 매 끼니마다 공양 지을 쌀을 상에다 펼쳐놓고 낱낱이 돌이며 잡티를 골라냈고, 가마솥은 얼마나 닦았는지 윤이 반질반질하곤 했다. 오죽하면 반찬을 준비하는 채공보살들이 너무 깨끗하고 애를 써서 부담스러워 못살겠다고 투정을 부리기도 했다.

한번은 스님이 냄비에 무엇을 끓이는데 가까이 가서보니 누룽지처럼 보였다. 그래서 한 숟가락 얻어먹자고 했더니 자꾸 안 된단다. 이상한 생각이 들어 알아보니 설거지통에서 나온 음식 찌꺼기들이라는 것이었다. 쌀 한 톨이라도 헛되이 버리면 다 공양주의 잘못이라 생각하여 그걸 끓여먹고 있었던 것이다. 너무 기가 막혀 무슨 말을 해야 할지 몰랐다. 그 바보 같은 행동에 화가 나기도 하고 어이가 없기도 했다. 세제며 수세미가루며 온갖 잡스러운 찌꺼기로 범벅된 것을 먹을 생각이 도대체 어디서 나왔는지 이해할 수 없었다. 결국 다시는 먹지 않겠다고 굳게 약속을 하고 마무리를 지었지만 한동안 또 무슨 일을 벌일까 눈여겨 지켜보곤 했었다.

계를 받고는 매일 예불을 마치고 은사스님께 문안을 드렸다. 몇 달을 변함없이 그렇게 매일 인사를 드렸는데, 어느 날부터 노스님이 은근히 역정을 내기도 하였다. 그래서 며칠씩 야단을 맞기도 했는데 그럴 때면 자기를 공부시켜 주시려고 그러는 거라며 오히려 더 신심을 내었다.

그렇게 한동안 스님을 시봉하더니 어느 날 문득 걸망을 지고 선방으로 떠났다. 계를 받고 몇 년을 더 수덕사에 살던 나는 해제를 하면 현성 스님을 기다렸다. 제방의 선원과 토굴에서 만난 선사들과 수좌스님들에 대한 이야기들, 그리고 여러 가지 수행법에 대한 정보들, 산세와 기운이 좋은 도량에 대한 스님의 이야기는 정말 재미있고 힘이 되었기 때문이다.

며칠 전 현성 스님이 수덕사 근처에 토굴을 구해서 온다는 말을 들었다. 건강이 안 좋아져서 얼마간 조리를 해야 할 것 같단다. 마음이 짠하고 아파왔다. 스님과 함께 걸망 메고 선방에 다녀야 하는데, 얼른 회복하시기 바랍니다.

노래하는 팔방미인

지난 10월, 올해로 다섯 번째 산사음악회를 개최했다. 이제는 서산지역에서 음악회를 이야기하면 '부석사 산사음악회'가 자동적으로 거론된다. 우리 음악회가 명실 공히 서산지역의 대표적인 문화행사로 자리 잡았기 때문이다. 지난 5년간 유명가수가 한 명도 출연하지 않는 소박한 운영을 했지만 지역민의 관심과 사랑으로 더욱 튼튼하게 뿌리를 내리고 있다.

처음 음악회를 계획할 때 무엇보다 출연자의 지역 연고를 중요하게 고려했다. 우리 지역에서 나고 성장한 사람, 그리고 현재 연고를 맺고 활동하는 이들을 우선적으로 섭외하기로 하였다. 예술인들과 그들의 가족 친지들이 자신들의 터전인 이곳에서 공연무대를 함께할 기회는 거의 전무하였다. 그래서 격식을 갖춘 제대로 된 무대는 아닐지라도 모두가 편안하고 즐겁게 어우러질 소탈한 자리를 희망했다. 면 소재 고등학교의 음악선생님이 전체행사를 주관하였는데, 나에게도 불교관계 출연진 섭외의 역할이 떨어졌다.

그 때 제일 먼저 도신 스님에게 연락을 했다. 도신 스님은 시원스런 목소리에 뛰어난 가창력, 그리고 다양한 활동으로 종단 내외에 그 명성이 널리 알려진 가수스님이었다. 이미 몇 장의 음반을 발표해서 불교음악에 관심 있는 사람들은 모르는 사람이 없을 정도로 상당히 유명한 스님이다. 더욱이 도신 스님은 그 때도 서산 서광사 주지로 지역에서 활발하게 활동하고 있었다. 급한 마음에 우선 전화로 부탁을 드렸는데 너무나 시원스레 승낙을 해주셨다. 더하여 처음 시작하는 음악회에 도신 스님 절의 신도들이 많이 참석해서 도움을 주었다. 대중의 심금을 울리는 스님의 노래는 늘 최고의 인기를 얻었다.

도신 스님은 노래뿐 아니라 염불도 아주 잘한다. 염불 잘하는 스님이 노래도 잘하고, 노래 잘하는 스님이 염불도 잘한다는 말은 그야말로 도신 스님을 두고 하는 말이다.

도신 스님을 처음 본 것은 1986년 봄 덕숭총림 수덕사 선원인 정혜사에서 만공 스님 다례를 모실 때였다. 당시 나는 초심출가자로 후원 소임을 맡아 바쁘게 일하고 있었다. 그런데 무명옷에 풀을 먹여 잘

손질한 승복을 입은 스님 몇 명이 특히 눈에 띄었다. 이들은 말과 행동이 산중생활에 푹 젖은 듯 무척 당당하고 여유로운 모습들이었다. 나이가 그리 많아 보이지도 않는데 어떻게 저렇게 완숙한 품행을 갖출 수 있을까 궁금한 생각이 들었다. 주변에 물어보니 바로 도신 스님과 정묵 스님 등 그 도반들이었다. 타지에 나가 있다가 큰스님 다례를 맞아 다니러 왔던 것이었다.

수덕사에서는 일명 '공포의 법랍'이라는 말이 있다. 워낙에 동진 출가자가 많아 스님들 나이에 비해 법랍이 많아서 생긴 말이다. 보통은 출가가 빨라도 고등학교를 마치는 20세 전후인데, 동진스님들의 경우 대개 열세 살에 계를 받는다. 이 동진 출가자를 일명 올깨끼라고 한다. 이산 혜연선사 발원문에 나오듯이 "아이로서 출가하여 귀와 눈이 총명하고 말과 뜻이 진실하며…." 동진스님들은 뼛속부터 온전하게 승려의 생각과 모습, 행동을 갖추었다고 평가하는 것이다.

도신 스님과 그 또래의 동진스님들은 현대의 마지막 동진출가의 맥을 잇고 있는 스님들이다. 위로 방장스님과 많은 어른, 선배스님들이 동진출가자다. 하지만 도신 스님 또래들 이후로는 설사 절에서 어릴 때부터 성장했다고 해도 고등학교를 마치고 계를 받았기 때문에 열세 살에 계를 받은 동진은 더 이상 없는 것이다.

사실 도신 스님과 나는 연배가 같다. 그렇지만 대학을 마치고 출가를 한 나보다 도신 스님은 거의 10년이나 법랍이 많다. 그래서 출가하고 10여 년간 도신 스님과 그 도반들은 감히 바라보기도 어려울 만큼 멀고 높았다. 염불과 기도, 의식, 소임 등 무엇을 해도 풍부한 경험과 익숙한 솜씨로 척척 해내는 능력이 있었고, 어른스님들과의 옛 인연들은 쉽게 접할 수 없는 귀한 경험들이었다.

도신 스님은 노래 외에도 재주가 상당히 많다. 무술실력이 수준급이다. 어린 시절 키가 작고 약해서 운동을 시작했는데 상당한 수준이라고 한다. 또 바둑실력이 아마 5단, 중광 스님한테 배운 그림실력도 예사롭지 않다. 대체로 동진출가의 스님들이 한두 가지 특기를 가진 경우는 있어도 도신 스님 같은 팔방미인은 정말 찾아보기 드물다.

스님은 입적하신 전 조계종총무원장 법장 스님의 상좌인데, 은사 스님에 대한 절절한 정을 담아 『나의 스승 법장 스님』이라는 책을 내기도 했다. 동진출가한 도신 스님에게 법장 스님은 '스승이자 아버지'였던 것이다. 법장 스님이 주석하시던 서산 서광사의 중창불사를 진행하는 와중에 종단의 포교연구실장 소임을 맡아 서울생활을 한 지 1년여. 누구보다 바쁜 원력의 나날을 지내시는 것 같다.

가을이 되면서 더욱 잦아지는 스님의 노래공양 초청 때문에 스님의 일정표에는 빈틈없이 메모가 가득하더군요. 바쁜 중에도 건강 잘 챙기시고 늘 중생들에게 기쁨과 힘이 되는 노래를 들려주시기 바랍니다.

현성 스님이 냄비에 무엇을 끓이는데 누룽지처럼 보였다.
한 숟가락 얻어 먹자고 했더니 한사코 안 된단다. 이상한 생각이 들어 알아보니 설거지통에서 나온 음식찌꺼기들이라는 것이다.
쌀 한 톨이라도 헛되이 버린다면 안 된다는 생각에 그걸 끓여먹고 있었던 것이다.

"아이로서 출가하여 귀와 눈이 총명하고 말과 뜻이 진실하며…"라는 이산혜연 선사 발원문에 나오듯이
동진 출가하여 뼛속부터 온전하게 승려의 모습을 갖춘 도신 스님은 노래뿐 아니라
염불, 무술, 바둑, 그림 솜씨 등 그야말로 못하는 게 없는 팔방미인이다.

마음을 훔치는 멋쟁이

'땅 끝 마을 아름다운 절' 해남 미황사의 애칭이다. 미황사는 달마 스님이 마지막 자취를 감추었다는 달마산 자락에 자리 잡은 아름다운 산사이다. 이곳은 사찰뿐만 아니라 바다에 비치는 햇살이 맑고, 하얗게 병풍처럼 우뚝 선 바위들과 항상 서늘한 바람이 휘돌아 지나는 무성한 숲이 별천지를 이루고 있다. 하루를 지내고 나면 발길을 돌리는 순간 그 아름다움이 바로 눈에 맺힌다.

사람들과 미황사 이야기를 나누다보면 문득 '금강사'라는 말이 입에서 튀어나오곤 한다. 그럴 때면 서로 통하는 마음에 저절로 마주 웃음 짓는다. 금강 스님, 미황사의 젊은 주지스님이다. 2002년부터 템플스테이를 운영하여 미황사를 열린 사찰로 만든 멋쟁이 스님이다. 미황사와 금강 스님은 둘이 아니다. 그래서 때때로 절 이름과 스님 이름이 혼동되어 '금강사'라는 말이 나오곤 하는 것이다.

언젠가 지인들과 차를 마시며 금강 스님 이야기를 하게 되었다. 그때 한 스님이 심각한 표정으로 말을 하였다.

"금강 스님은 다 좋은데, 나쁜 버릇이 하나 있어요. 훔치는 버릇이 있습니다."

다들 깊은 관심과 우려의 마음으로 다음 말을 기다렸다.

"아 글쎄, 만나는 사람마다 다 마음을 도둑맞고 말더라고요."

순간 유쾌한 폭소가 터져 나왔다.

금강 스님은 상당히 진지한 사람이다. 생각이 깊고 말은 느리며 분명하다. 때로 잘못을 꾸짖을 때는 매섭다. 그런데, 늘 웃는다. 편하다. 그래서 사람들은 마음을 도둑질 당한다. 해마다 2천 명이 넘는 사람들이 템플스테이를 위해 미황사를 찾는다. 다들 마음을 도난당한다. 그런데 대부분의 사람들이 훔치는 방법을 배워간다. 마주보며 웃고, 부드럽게 말하고, 마주치는 눈길 속에 마음을 담는다. 믿음이고, 사랑이며, 어여삐 여기는 마음이다.

철이 바뀔 때면 한 번씩 전화가 온다. 맑은 목소리에 푸근한 미소가 한껏 느껴진다. 순간 행복해진다. '여름 한문학당'도 '부처님 오신 날 어르신 노래잔치'도 미황사에서 배워왔다. 다른 도반들에게도 적극 권하곤 한다. 해보면 다들 만족스러워한다.

　마음을 훔쳐 줄 사람이 있다는 것은 큰 기쁨이다. 마음은 한 번 도둑맞으면 먼저 주고 싶다. 또 기회가 되면 나도 훔치려는 시도를 하게 된다. 이런 버릇이라면 세상 사람들 모두가 가져도 나쁘지 않겠다.

어머니와 동행 입산

막 삭발을 하고 법당 청소며 부엌일이 익숙해지면서 행자생활이 익어가던 어느 날이었다. 고참으로 있던 서행자가 희한한 소식을 가져왔다. 행자가 새로 왔는데, 어머니와 함께 왔다는 것이다. 행자실에서 지내다 보니, 가족들이 찾아와 환속을 재촉하거나 강제로 하산시키는 경우는 가끔 있지만 입산에 동행하는 경우는 듣기도 처음이었다. 어떤 사람일까, 호기심과 궁금함으로 기다리던 우리는 잠시 뒤 새로 온 행자를 볼 수 있었다. 나이가 조금 들어 보였지만, 30은 안 된 것 같았다.

그런데 성정이 마냥 무뚝뚝하였다. 행자실에 들어와서 간단한 인사를 마치고는 한쪽에 자리를 잡더니 가만히 명상 자세에 들어버렸다.

이것저것 궁금한 점들이 많았지만 본인이 마음을 열지 않고 그렇게 앉아버리니 별 방법이 없었다. 며칠이 지나도 그는 다른 행자들과 잘 어울리지 않았다. 그저 묵묵히 자기에게 주어진 일을 할 뿐 좋고 나쁜 감정표현도 없었고, 다른 사람의 일에 관심도 없어보였다.

소임을 살아가면서 꼭 배워야 할 일도 거의 몸짓과 행동으로 하곤 했다. 어쩌다 한 마디 하는 것도 "아~ 이것 좀 가르쳐줘요. 잘 안 되네." 그래서 가르쳐 주면 "아~ 알았습니다. 할 수 있어요." 가르쳐 주는 사람이 민망할 정도로 뚝뚝 부러지는 말투를 보이곤 했다. 그래서 한 번은 "행자님은 무슨 불만이 있어요? 왜 말을 그렇게 투박하게 하나요?"라고 물었다. 그랬더니 자신은 아무 불만도 불편도 없고, 다만 사람들과 대화가 서툴러서 그렇다고 한다.

내친김에 출가할 때 왜 어머니와 함께 왔는지를 물었다. 이유인즉 어머니와 둘이 살았는데, 아들이 출가한다고 하니 어머니가 꼭 태워다 주고 싶다고 하셨다는 것이다. 그래서 굳이 거절할 이유도 없고 해서 어머니와 함께 오게 되었다고 하였다. 아들의 입산 길을 배웅하고 싶은 모정과 그 모정을 사양하지 못한 애틋함을 투박한 말투 속에서도 은근하게 느낄 수 있었다. 어머니 혼자서 앞으로 어떻게 지내시겠느냐는 도반들의 걱정에, 지금은 젊고 건강하시니 나중문제라고 논하고 싶어 하지 않았다.

가족을 떠나 입산한 출가자의 몸이지만 어떻게 가족에 대한 정을 온전히 끊고 살겠는가. 그저 다른 가족이 있어 서로 의지하고 돕고 살겠거니 하며 속으로 삭이고 드러내지 않을 뿐 가족은 그 누구보다 깊고 진한 인연이다. 속가의 가족들도 마찬가지겠지만, 스님들도 가족들이 무탈하고 편안하다면 수행도 잘 되는 것 같고, 속가에 안 좋은 일이 있다고 하면 저절로 마음이 산란해 진다.

그래서 때로 수행에 장애가 생기면 가족들을 생각해서 마음을 다잡고 정진에 매진할 때가 있다. 어른스님들께서 늘 말씀하시는 "출가자가 수행을 잘 하면 구족이 천상에 나고, 수행을 잘하지 못하면 속가와 승가 양쪽에 죄를 짓는다."고 하시는 말씀이 이때에 더욱 사무치곤 한다.

한때 낙운 스님이 그림에 푹 빠진 적이 있었다. 장판종이며 벽지 등에 숯이랑 연필이 손에 잡히는 대로 그림을 그리고, 나무열매나 나뭇잎으로 색을 먹였다. 그렇게 몇 달을 그림에 매달려 시간이 나는 대로 구석방에서 시간을 보내곤 하였다. 하도 공을 들이고 집중해서 그림을 그려서였을까, 문외한이 보기에도 그 그림들이 상당히 좋아보였다. 나중에 도반스님들 중 몇이 그림을 얻으려고 약속을 하기도 했었다. 그런데 어느 날 도반들에게 주었던 그림들마저 몽땅 회수해서는 모조리 불살라 버렸다. 그렇게 손을 털고 나서 다시는 그림에 관심을 두지 않았다.

계를 받고 얼마 지나지 않아 만행의 기회가 왔을 때 낙운 스님도 걸망을 챙겼다. 며칠이 지나서 돌아온 낙운 스님의 만행 이야기는 정말 의미가 있었다. 처음 수덕사에서 나가면서부터 탁발을 하려고 작정을 했단다. 전에 도반 현성 스님으로부터 탁발에 대한 좋은 이야기를 들은 적이 있었는데 그걸 잊지 않고 있었던 모양이다. 현성 스님이 탁발이야말로 수행자가 꼭 해봐야 할 최선의 수행 중의 하나라고 하면서 개인적으로 좋은 인연을 만난 이야기를 해주었던 것이다.

그래서 낙운 스님도 현성 스님처럼 가져간 여비를 거지에게 몽땅 줘버렸단다. 그리고는 처음으로 다방 앞에서 목탁을 치면서 염불을 하니까 아가씨가 한 명 나오면서 "아유~ 또 왔네!" 하는 짜증스런 목소리로 50원짜리 동전을 하나 발우에 던져 넣더란다. 그렇게 하루 종일 탁발을 다녀서 6,000원 정도를 모았는데, 정말 탁발이 그렇게 힘들고 어려울 줄 몰랐다고 토로하였다. 강원으로 선원으로 다들 공부를 떠날 때 낙운 스님도 선원에 들었다. 한 번 선원에 들더니 몇 년을 볼 수 없었다. 해제와 결제 없이 정진에 매진한다는 소식만 전할 뿐이었다.

그렇게 20년 세월을 훌쩍 뛰어넘어서 이제는 본사에 속한 조그만 암자에 자리를 틀었다. 이제는 늙어져 보살핌이 필요한 노모를 모시고, 그저 한 끼니의 공양과 정진의 시간이 넉넉함에 만족하고 지낸단다. 초파일이 지나면 시간을 내어서 한 번 찾아봐야겠다.

수행에 장애가 생기면 가족들을 생각해서 마음을 다잡고 정진에 매진할 때가 있다.
어른스님들께서 늘 말씀하시는 "출가자가 수행을 잘하면 구족이 천상에 나고,
수행을 잘 하지 못하면 속가와 승가 양쪽에 죄를 짓는다."고 하신 말씀이 이때에 더욱 사무치곤 한다.

속히 다시 돌아와 함께 공부합시다

적지 않은 사람들이 동국대학교 불교대학을 졸업하면 당연히 출가해서 스님이 되는 줄 안다. 하지만 사실은 동국대에서 불교학을 배우는 것과 출가는 전혀 별개의 문제이다. 불교대학을 선택한 사람들은 그만큼 불교와 깊은 인연이 있어서 한번쯤 출가를 깊이 고려해보기는 하겠지만, 반드시 출가를 하는 것은 아니다. 오히려 실제로 출가하는 비율은 그리 높지 않은 편이다.

1982년 초 동국대학교 불교대학 1학년 강의실은 100명이 넘는 학생들로 북적거렸다. 계열별 모집에 정원보다 더 많이 선발한 당시 입시제도 때문이었다. 그 때 불교대학은 다른 학과와 달리 스님들과 나이가 지긋한 분들이 상당히 많았다. 그야말로 인생과 불교 공부에 있어서는 백전노장들이 전체 분위기를 압도하는 상황이었다. 다들 나름대로 특별한 인연과 사연을 가진, 개성이 넘치는 사람들이 모이는 곳이 불교대학이다. 그래서 어지간해서는 눈에 잘 띄지 않는 편안함도 챙길 수 있다.

그런 가운데에도 유독 눈에 띄는 그룹이 있었다. 바로 부산의 종립학교인 해동고등학교에서 함께 진학한 동기들이었다. 한 학교 출신을 두 명도 찾아보기 어려운 것이 불교대학인데, 여러 명의 동문이 같이 불교대학에 진학해서 다들 놀라움을 금할 수 없었다. 이들은 고등학교 시절의 활기를 그대로 대학으로 가져온 것 같았다. 늘 어떤 일이든 자신감을 가지고 솔선하고, 대중의 분위기를 선도하곤 했다. 지종 스님도 바로 그들 중 하나였다. 짙은 눈썹에 선이 곱고 오밀조밀한 이목구비, 숱이 많은 더벅머리에 눈동자가 맑고 깊은 순박한 인상을 가졌었다. 지종 스님은 늘 고교동기들과 함께 하였는데도 눈에 잘 띄지 않는 사람이었다. 없는 듯 있고, 있는 듯 없는 주변사람들도 본인도 편안하게 지낼 수 있게 하는 그런 성품이었던 것 같다.

대학을 졸업하고 몇 명 도반들의 출가 소식을 들었다. 당시 학교 졸업 후 군법사로 입대하기 전에 출가의 경험을 갖는 경우가 더러 있었다. 하지만 이미 계를 받은 스님들조차 환속의 위험이 높아 어른스님들은 군법사 입대를 반대하는 경향이 많았었다. 그랬기에 주변사람들은 물론 출가한 본인조차도 평생출가의 길을 걸을 거라는 확신을 갖지 못한 경우가 많았다. 지종 스님의 출가도 이렇게 군법사 입대를 위한 하나의 방편 정도로 생각했을 뿐이었다.

그런데, 1990년대 중반 학교를 졸업한 지 10년이 넘어 지종 스님을 다시 만나게 되었다. 나는 수덕사의 포교국장으로, 지종 스님은 범어사의 포교국장으로 회의에 참석하게 되었던 것이다. 너무 반가운 마음에 미처 법명을 물을 여유도 없이 속명을 부르며 두 손을 맞잡았다. "이야~ 진짜 중노릇 하는구나! 반갑다. 정말 반갑다." 호들갑스러운 내 태도가 마음에 안 들었는지 "무슨 속명까지 부르면서 주책이고~" 라고 나직이 말하며 잡은 손을 슬며시 풀었다. 적지 않은 동기들 군법사로 임관해서 군포교에 매진하고 있지만 이렇게 다시 승가에 복귀하는 경우는 흔치 않았다. 그렇게 지종 스님을 만난 이후로 같이 중노릇하는 대학 동기가 있다는 것만으로도 기분이 무척 좋아지곤 했다.

그렇게 각자 본사의 소임을 살던 중 포교원에서 마련한 일본 연수를 함께 갈 기회가 있었다. 그 때 지종 스님은 엄청 큰 걸망을 메고 나타나서 사람들을 놀라게 했다. 무슨 짐을 그렇게 가져가느냐는 물음에 가사장삼과 꼭 필요한 것만 챙겼는데도 그렇다고 한다. 그래서 실제 짐을 확인해 보니 다른 사람들과 별다르지 않은 내용이었다. 다만 옷가지가 오래 되고 거친 것이라 부피가 많았을 뿐이었다. 그래서 중노릇이 얼만데 그렇게 낡고 부피가 큰 옷을 여행 짐에 챙겼느냐고, 좀 가볍고 작은 옷은 없냐고 핀잔을 주었더니 그게 자신이 가진 가장 편한 옷이라고 대답하였다.

한번은 자판기 앞에서 걸망을 내려놓고 묵직해 보이는 주머니를 하나 꺼냈는데, 거기에는 일본 동전들이 가득 들어 있었다. 여행경비를 절약하려고 사찰의 불전함에서 나온 일본 동전을 모아온 것이었다. 그 동전을 노리던 일행들에게 한 번씩의 인심은 베풀었지만, 결국 그 동전은 반의반도 쓰지 못하였다. 검소하고 소박한 스님의 살림살이는 때로 인색해 보이기도 했지만 진정 수수한 승려의 모습을 느끼게 해 주는 전형이기도 했다.

종단일로 부산에 갈 일이 있어 바쁜 시간을 쪼개서 찾아가도 칼국수 한 그릇 나누기도 쉽지 않을 만큼 늘 바빴다. 다른 사람에게 시켜도 될 불교대학의 출석도 직접 챙기고, 소소한 일들까지 꼼꼼하게 살피는 그 자상함은 포교에 대한 신념과 불자들에 대한 깊은 애정이 아니면 가능하지 않은 일이었다. 누구나 아는 서울의 큰 절 소임을 살 때도 지종 스님의 그 소박함과 털털함은 한결같았다. 무심한 표정과 말투는 살가운 정은 없어도 수행자다운 담백함이 언제나 변함이 없었다.

지종 스님! 무척 보고 싶습니다. 속히 다시 돌아와 함께 공부합시다.

무재주 상팔자

처음 출가한 초심자는 여러 가지 배워야 할 것이 많다. 그래서 어른스님들은 초발심 출가자에게 늘 말씀하시길 "출가자는 주방에서는 요리사가 되어야 하고, 빗자루를 들면 청소부가 되며, 아픈 사람이 있으면 간호사, 의사가 되고, 울력을 할 때는 노동자가 되며, 법상에 오르면 법사로서 내용과 표현을 갖춘 법문을 설할 수 있어야 한다."고 하신다. 그야말로 팔방미인이 되어 일상의 모든 일에 스스로 해결할 수 있는 능력을 갖추어야 한다는 것이다.

구족계를 받으러 범어사 계단에 참석했을 때 본해 스님을 처음 보았다. 본해 스님은 당시 해인사 강원소임을 살고 있었다. 그래서 추천을 받아 수계대중의 입승 소임자로 선출되었다. 구족계산림은 다들 사뭇 긴장되고 조심스러운 시간이었다. 그런데 본해 스님은 희한하게 대중을 조화하고 편하게 하는 능력이 있었다. 워낙 큰 대중이 모인 까닭에 한두 번 좋지 않은 상황이 생겼다. 그러나 계단의 어른스님들이나 수계대중 어느 쪽도 그리 힘들지 않게 수계산림을 마칠 수 있었다. 소임을 맡았던 본해 스님의 역할이 컸다.

구족계를 받고 늦게 해인강원에 입방했다. 본해 스님과는 2년의 학년 차이가 있었다. 지금도 그렇지만 전국 어느 사찰보다 기강이 엄하고 대중살이가 빡빡했던 곳이 해인강원이었다. 바로 윗반과 같은 반의 분위기상 아무리 도반이라도 편하게 말을 하거나 관계를 가질 수 있는 상황이 아니었다. 하지만 본해 스님은 상하반의 차이를 떠나 늘 편하고 자유로웠다. 같은 반 다른 도반들이 대중의 분위기를 우선하여 행동하는 것에 비해 본해 스님은 대중의 분위기를 스스로 만들고 이끌어가는 활발함과 자신감이 있었다.

언젠가 하루는 "아~, 우리 스님과 아주 안 좋게 됐어! 조금 심각해."라고 엄살 섞인 말을 던졌다. 내용인즉 사중에 천도재가 있어 자신이 시장을 봐서 준비하기로 했는데, 깜박 잊고 준비를 못했다고 한다. 그래서 재자(齋者)들에게 양해를 구하고 오후로 시간을 조정하였는데, 정말 황당한 일은 얼마 지나지 않아 똑같은 일이 다시 발생한 것이었다. 은사스님도 실수를 만회할 기회를 주었던 모양인데, 본해 스님은 또 준비를 못했던 것이다. 아마 본해 스님이 아니고 다른 스님들 같았으면 쫓겨나도 벌써 쫓겨났을 일이었다. 하지만 본해 스님에 대해 신뢰와 애정이 남달랐던 어른스님은 모든 일에서 제외시키는 것으로 일을 마무리하셨다.

이후로 본해 스님의 생활은 그야말로 자유롭고 여유롭게 변했다. 모든 일에서 열외가 되었지만 그 천연덕스런 성격 덕에 오히려 즐기는 듯 보였다. 사중의 행사가 끝나면 대중에게 주는 얼마간의 보시도 꼭 찾아 챙긴다고 하였다. '스님이 보시를 주시나, 안 주실 건데?' 그렇게 의구심을 가지면 사실 스님도 보시를 안 주시려고 하신단다. 그러면 "스님, 제가 무슨 일이든 맡아서 하겠습니다."라고 말씀드리면 가만히 있는 것이 돕는 것이라며 할 수 없이 주머니를 여신단다. 어찌 생각하면 본해 스님이 일부러 꾀를 낸 것이 아닌가 생각되기도 한다.

하기야 본해 스님은 무재주 상팔자의 제대로 된 출가승의 팔자를 갖고 있다. 사실 그 팔자도 자신이 그렇게 만들어가고 있는 것 같지만 말이다. 소소하고 자잘한 일을 짐짓 피하고 비껴가도 사람의 일은 그렇지 않다. 늘 도반이나 어른스님들의 일에 적극적이다. 허물없는 성격과 담박한 말투, 특유의 친화력으로 본해 스님은 노소에 구애됨 없이 관계의 폭이 넓고 깊다. 다들 어렵게 생각하는 어른스님들의 까다로운 취향과 비유를 어떻게 잘 맞추는지 그 재주가 부러울 때가 한두 번이 아니다. 하지만 다 타고난 성격과 기질이 뒷받침되어야 하는 것이니 그것도 본인의 복이다.

걸망을 지고 선원을 다니기도 하고, 때로 유유자적하며 지낸다. 언제 보아도 자신의 삶을 넉넉하게 챙기고 있다. 자유로운 성격 탓에 한 동안 세계를 떠돌며 만행을 하더니, 어느 날 문득 가야산 뒤편의 옛 절터를 하나 찾아 복원불사에 전념하고 있단다. 그런 중에 잠시 종단의 소임을 맡아 나들이를 하기도 하더니 다시 산으로 돌아갔다. 그리고 이제 절 살림살이는 시봉에게 맡겨 편하고 여유롭다고 하더니, 어느 날 해인사의 박물관 소임을 맡았다는 소식을 들었다. 그쪽 분야에 관심과 소질이 있는 것이야 진작 알았지만 소임까지 맡으리란 생각은 못했었다. 문득 속으로 고소하면서도 안 됐다는 생각이 들었다.

무재주 상팔자 본해 스님의 자유로운 운도 이제는 다해가는 모양이다. 이리저리 소임을 피하며 맘껏 자유롭더니, 세월의 요구와 책임은 피할 수 없는 모양이다. "열 재주 가진 사람이 제 한 입 먹기 힘들고, 한 가지 재주 가진 사람이 열 사람 먹인다."는 말이 있다. 무재주로 보이지만 본해 스님은 백이고 천이고 먹일 수 있는 정말 뛰어난 재주가 있다. 이제 본해 스님의 그 재주가 산중과 여러 사람들에게 이익을 주기 바란다.

분위기 메이커

"스님들도 군대에 가나요?"

사람들이 많이 하는 질문 중의 하나다. 세속을 떠난 스님들은 군대에 가지 않는다고 생각들 하는 모양이다. 하지만 대답은 "네, 갑니다."이다. 스님들도 군대에 간다. 병역의 의무는 출가자라고 해서 비켜가지 않는다. 그리고 스님들의 출가는 세속으로부터의 도피가 아니라 구도(求道)라는 특별한 길에의 선택이며 수행(修行)이라는 끝없는 행로의 도전이다.

강원에서 함께 공부한 스님들은 서로의 속가 이름을 훤히 안다. 그 이유는 보통 강원에서 공부할 때 예비군 훈련을 함께 받기 때문이다. 예비군훈련통지서는 속명으로 통지가 되고, 이 통지서는 전체 대중이 모인 자리에서 일일이 불러서 나누어 주는 것이 관례였기 때문이다. 그래서 강원 도반들은 서로 속명을 부르며 장난을 하고 놀리기도 한다. 스님들이 속명을 공유한다는 것은 그만큼 격의가 없고 편한 사이라는 증명이기도 하다.

'변○○, 선일 스님' 또는 '변 법사', 장난기가 심했던 우리 도반들이 선일 스님을 놀리며 부르던 호칭이다. 우리는 자주 이렇게 속명을 앞세우고 법명을 뒤에 붙이거나 그냥 변법사라고 부르곤 했다.

선일 스님은 출가 전에 대학에서 같이 불교학을 공부한 학번 동기이다. 학교를 마치고 각기 출가한 줄은 알고 있었지만 왕래는 거의 없었다. 그런데 강원에서 사집을 배우던 여름 초입에 문득 군법사의 신분으로 나를 찾아왔다. 당시 군법사로 있던 동기들이 여럿 있었던 까닭에 선일 스님의 방문이 그리 새삼스러운 일은 아니었지만, 그래도 전혀 생각지 못했던 의외의 방문이었다.

지금도 사정이 그리 달라지지 않았지만, 당시에 군법사들이 사찰을 방문하는 대부분의 이유는 군포교 활동 지원을 부탁하는 것이었다. 특히 비용이 많이 들어가는 대규모 수계법회나 매주 법회 때 장병들에게 나누어 줄 염주와 간식비의 충당이 법사들의 가장 큰 고민거리이기도 했다. 그래서 보통 법사들이 사찰에 오면 어른스님들을 뵙고 종무소에 들러 일을 본다. 아주 절친한 도반이 아니면 선일 스님처럼 그렇게 강원의 학인에게까지 찾아올 시간과 여유를 갖지 못하는 것이다.

전역을 얼마 남겨놓지 않았고, 다시 산사로 돌아와야 하기 때문에 사찰순례를 겸하여 도반들을 찾아보는 중이라 하였다. 속으로 '아~ 그래서 내 차례까지 왔구나!' 라고 생각했다. 학교에 다닐 때나 출가해서나 그렇게 친한 사이라고 생각해 본 적이 없었기 때문이다.

그런데 그렇게 갑자기 와서는 잠깐 사이에 내 가까운 강원 도반 몇 명을 쉽사리 사귀었다. 그리고 방학 때 자신이 근무하는 강원도로 다들 놀러오라고 다짐을 받고는 훌쩍 떠났다. 당시 우리 도반들에게 강원도는 무척 친숙하고 편한 지역이었다. 아마 산이 높고 계곡이 깊은데다가 맑고 강한 기운이 가득한 것이 초발심 학인들의 의기와 상통하는 면이 많았기 때문이다. 안 그래도 자주 가고 싶은 곳인데, 정중한 초청에 잘 대접하겠다는 약속까지 받았으니 참새가 방앗간을 피해가랴. 그해 여름방학 때 우리는 선일 스님의 안내로 강원도에서 정말 흡족한 시간을 가졌다.

그러나 바로 뒤에 그 과보가 따랐다. 선일 스님은 군에서 전역하면 강원에 입방하고 싶은데, 그곳이 바로 우리 강원이라는 것이다. 순간 나는 마음속에 먹구름이 밀려드는 것을 느꼈다. 괜히 나 때문에 도반들이 불편해 할까 봐 염려가 된 게 사실이었다. 하지만 괜한 걱정이었다. 다들 군법사 출신 도반이 하나 생기는 것에 흔쾌히 찬성했기 때문이다.

조금 늦게 강원에 입방했지만 선일 스님은 처신을 잘 했다. 스스로 낮추어야 할 때를 잘 알았으며, 조심스럽고 자연스럽게 대중에 젖어들었다. 또 다른 면으로는 군법사로 근무하면서 군법당 주지로서의 경험과 경력이 있어서 다양한 방면에서 노련미를 보이기도 했다. 초심 학인들에게 선일 스님의 신도단련 경험과 군포교 이력은 때로 아주 유용한 도움이 되곤 했었다.

강원을 마치고 몇 년 뒤 미국의 포교당에 간다고 했을 때 극구 말렸는데도 떠나더니, 아주 힘든 승려생활을 경험하고 왔단다. 그리고 다시 얼마 지나지 않아 일본으로 유학을 떠났다. 입이 짧아서 음식도 제대로 먹지 못하면서 어떻게 오랜 외국생활을 견뎠는지 모르겠다.

그렇게 몇 년 안 보이더니 어느 날 본사에서 소임을 산다는 소식이 왔다. 선일 스님은 늘 두드러지지 않으면서도 자신의 자리가 분명하고, 때로 먼 여행을 즐기곤 한다. 보통 스님들은 자신의 선과 색이 분명한데 선일 스님은 없는 듯 있다. 또 어찌 보면 엄청 까다로운데 대중에도 잘 어울리는 넉넉함이 있다. 말없이 떠나고 돌아와서도 안부도 잘 전하지 않는 무심함은 딱 중노릇이 어울린다. 이제는 지난 세월이 있어 때로 도반의 그늘이 그립다. 선일 스님! 잊지 않을 만큼은 연락하고 지냅시다. 늘 건강하고 청안하세요.

•

빈 마음 빈 손

성전 스님은 정말 스님 생활이 잘 어울린다. 타고난 여유로운 성격은 급한 일이 하나도 없다. 욕심도 없고 사람들과 시비도 없다. 늘 스님이 된 것에 만족하며 다행스러워하는 모습은 마치 어린아이처럼 순박해 보인다. 그래도 우뚝한 출가의 마음이 심지를 채우고 있음은 누구라도 금세 느낄 수 있다.

성전 스님은 강원 도반이다. 십여 년 전 강원에 입학하기 위해 해인사 홍제암에서 청강을 하였다. 홍제암에 도착하니 며칠 일찍 청강을 시작한 성전 스님이 먼저 자리를 잡고 있었다. 그 인연으로 강원을 마치는 4년간 늘 나와 옆자리를 함께 하게 되었다. 당시 적지 않은 스님들이 해인사 강원에 입학했지만 끝까지 마치는 스님은 절반이 채 안 되었다. 그만큼 해인사 강원생활이 힘들고 어려웠다. 강원생활 중에는 누구라도 윗반스님의 부름에 가사장삼을 입고 책상 앞으로 불려가는 일이 있기 마련이고, 불려 가면 자잘한 지적과 함께 최소 108배 정도의 참회를 받곤 했다. 그래서 윗반 스님이 부르는 것은 아랫반 스님들에게는 상당히 신경쓰이는 일이었다.

오는 사람 막지 않고, 가는 사람 잡지 않는다는 한국불교 특유의 불문율이 있듯이 강원 생활도 갖가지 사연으로 어느 날 문득 걸망을 싸면 그런가 보다 했다.

누구에게나 장애라 불리는 고비가 있기 마련이었다. 하지만 도반들이 걸망을 싸는 고민을 할 때마다 성전 스님은 누구보다 먼저 다가가 고민을 나누고 함께 강원을 마칠 수 있기를 진심으로 권하였다. 부모도 형제도 버리고 출가한 매정함을 바탕에 깔고 사는 게 스님들이다. 특히 강원생활은 출가기간이 오래 지나지 않아 더욱 성격이 똑 부러지는 시기이지만 성전 스님에게서는 그런 매정함보다는 인정과 인간미가 물씬 풍겼다. 모난 구석이 없는 성전 스님은 선천적으로 그런 원만함을 타고 난 것 같았다.

강당을 졸업하고, 짧은 미국생활을 하고 나서 성전 스님은 미국에 대한 정을 뚝 떼버렸다. 역시 한국 스님은 한국에서 살아야 한다며 한동안 선방을 다니더니, 어느 날 「해인」지 편집 일을 맡았다. 강원에 있을 때에도 교지 「수다라」 편집 일을 맡아 책을 만들었는데, 감각이 탁월하였다. 산사를 좋아하는 까닭에 수시로 해인사를 오갈 수 있고, 전국의 큰스님들을 찾아다니며 책 만드는 일이 스님의 적성에도 맞아 보였다. 보기에도 좋았다. 한국 불교를 대표하는 잡지 하나가 성전 스님의 손을 통해 만들어져 불교홍포의 역할을 넉넉히 해낸 것이다. 무엇보다 「해인」지 첫 면의 작은 공간을 채우던 짧은 글은 성전 스님의 풍부한 감성과 출가의 마음이 어우러져 읽는 사람들에게 깊은 감동과 공감을 전해 주었다. 성전 스님의 속내가 은근히 비쳐 보이곤 해서 독자들에게 특별한 의미가 되었다.

그렇게 만 2년을 서울의 북아현동 「해인」지 편집실을 지키면서 책을 만들다가 「해인」지 편집 일을 미련 없이 접더니, 고산 큰스님께서 총무원장을 하실 때에는 도반의 추천으로 사서소임을 맡아 큰스님 시봉을 하기도 했었다.

늘 산사를 꿈꾸며 산에서 활기를 찾는 스님이 어느 날 문득 서울 절의 주지 소임을 맡더니 벌써 몇 해가 되어간다. 본인도 처음엔 어울리지 않는 일을 맡았다며 쑥스러워하더니 이제는 틀이 잡혔다. 수십 년 동안 발전이 없던 곳에서 찬찬히 불사를 일으키고, 신도들 기본교육도 실시하며 한 번도 법회와 기도를 쉬지 않아 신도들이 많이 늘었단다. 전국민적 관심사인 북한산 살리기와 어린이 찬불가 보급운동을 하는 풍경소리에도 헌신을 하고, 지역사회에 장학금도 주며 주변의 손길 닿는 곳마다 관심과 지원을 아끼지 않는다. 드러내 놓고 포교와 불사를 하기보다는 그저 자기의 위치에서 묵묵히 제 몫을 해 나가는 성전 스님은 누구보다 훌륭한 포교사며 수행자다.

스님이 사는 옥천암에는 도반들과 선후배스님들의 발길이 끊이지 않는다. 성전 스님이 지닌 마음의 여유와 넉넉한 승려의 살림살이가 편하기 때문이다. 언제라도 걸망 진 도반이나 선후배스님이 오면 그냥 보내는 법 없이 주머니를 털어 반드시 여비를 쥐어준다. 서울에서 주지 살기가 그리 만만한 일이 아니고 사람마다 그렇게 챙겨 주기가 쉽지 않은 일인데 싫어하거나 부담스러운 내색이 전혀 없다.

스님은 스님들이 알아주어야 정말 좋은 스님이라고 하는데 성전 스님은 그런 스님이다. 몇 해 전 출간한 스님의 책 『빈 손』처럼 성전 스님은 늘 모든 일을 빈 마음 빈 손으로 시작하고 빈 손으로 살아간다. 무엇이고 스스로 욕심내고 원해서 일을 찾지도 않고, 또 자신을 필요로 하는 일을 자기가 할 수 있다면 억지로 피하지 않는다. 도심의 절에 살면서도 산승의 모습을 품고 늘 수행자의 마음을 잃지 않고 여여한 마음으로 살아가는 수행자가 성전 스님이다.

울력대장

　　　　　　　　도반과 지인들 중에 제주도 출신들
이 몇 있다. 제주도라는 지역 자체가 육지에서 멀리 뚝 떨어진 특수성
을 가진 것도 하나의 이유가 되겠지만, 내가 아는 제주도 사람들은 제
각기 특별한 개성들을 가지고 있다. 어딘가 사람을 끄는 묘한 매력을
가지고 있는 것이다. 그 중에 성해 스님이 있다. 스님을 처음 만난 것
은 해인강원에서다.

　해인강원은 100여 명의 대중이 수행생활을 하는 까닭에 대중화합
이 중요했다. 대중화합은 스님들이 각자 맡은 바 소임을 다하는 것에
서부터 이루어지는 것이있다. 그래서 소임과 명칭도 다양했는데, 당시
해인강원은 다른 곳에는 없는 특이한 소임이 있었다. 산문 출입이 제

한된 스님들의 필수품을 구입해 주는 '마을시자', 법당의 목탁을 치는 '목탁대장', 1, 2학년에 해당하는 치문, 사집반 스님들이 생활하는 '현당'의 대 소사를 책임지는 '현당대장' 등 산사의 스님들과 잘 어울리지 않는 희한한 소임도 있었다. 그런 가운데 정식 소임에는 없지만 스님들 특성에 따라 붙여지는 별칭도 있었는데, 성해 스님에게는 늘 '울력대장'이라는 별명이 붙곤 했다.

산사에서 특히 대중처소에서 울력은 무엇보다 중요한 대중공동의 일을 뜻한다. 개인의 사정과 일에 우선하여 대중이 다 함께 참여해야 하는 것이 울력이다. 오죽했으면 "울력목탁이 울리면 누웠던 송장도 벌떡 일어나서 나온다."는 말까지 있을까. 다른 때에는 조용히 자신의 자리를 지킬 뿐 드러나지 않던 성해 스님이 울력시간에는 누구보다 두드러지고 빛이 났다.

매일 아침 마당을 쓸 때는 다른 스님들보다 훨씬 긴 빗자루(보통 빗자루에 자루를 덧대어 길게 만든)를 들고 앞에서 쓱쓱 쓸어나가면 그 넓은 마당이 순식간에 훤해지는데 그 넘치는 기운에 모두 감탄을 금치 못했다.

울력이 대중스님들이 절대로 빠지거나 피할 수 없는 일이긴 하지만 그렇다고 땀이 나도록 애를 쓰고 힘을 써서 하지는 않는 것이 일종의 불문율이다. 그래서 스님들 사이에 전하는 말 중에 "땀나게 울력하면 빌어먹는다."고 하여 적당한 선에서 일하기를 요구하기도 한다. 하지만 성해 스님은 달랐다. "빌어먹는 것은 출가인의 본분사인데, 그 말은 땀나게 일해야 중노릇 잘 하게 된다는 말"이라며 앞장서 일하기에 주저함이 없었다. 김장 울력이나 화단 조성 등 힘을 써야 하는 일이 있을 때 늘 앞장서는 것은 물론, 몇 사람 몫의 일을 하고 뒷정리까지 도맡았다.

1990년대 초반 해인강원에도 컴퓨터가 보급되면서 학인들 사이에서 컴퓨터 열풍이 불어왔다. 컴퓨터 수업이 정규 교과목에 채택이 되었고, 워드프로세서와 통신 등 다들 새로운 문명의 이기에 호기심과 관심을 가지고 있을 때 성해 스님은 별로 관심을 갖지 않았다. 스님들이 수행과 공부에 집중해야지 새로운 문명의 흐름을 따라가면 스님들의 자리를 지키지 못할 뿐 아니라 속가공부에 더 이상 마음을 두고 싶지 않다는 것이었다. 꼭 필요한 것이 있으면 재가불자의 도움을 받아서 해도 되지 않느냐는 주장이었다.

그래서 강원을 마치고 바로 장경각 천일기도를 자원해서 기도정진에 들더니 3년 기도를 회향하고 얼마 지나지 않아 강원의 중강소임을 맡았다. 평소 글공부에 별로 관심이 없다더니 기도를 하며 내면의 변화를 가진 모양이었다. 한 시간 강의를 위해 몇 배 시간을 공부한다며 털털하게 웃는 성해 스님의 방에는 최신형 컴퓨터 시스템이 갖추어져 있었다. 그렇게 극구 컴퓨터 사용을 거부하더니 어쩐 일이냐고 물으니 필요해서 사용하게 되었다며 이왕 하게 되었으니 열심히 배우고 있다고 했다. 스님들은 누구나 고집스런 면이 있고 그 고집을 수행의 자양분으로 살아가는데, 때로 그 고집을 버리는 것 또한 수행자의 진면목의 하나라고 생각한다. 성해 스님의 변화는 현재의 자신의 판단과 생각에 충실하고 때로 자신의 주장을 과감하게 버릴 수 있는 과단성마저 보여주는 새로운 면모를 보여주었다.

지난 가을, 몇 명의 도반이 서산의 우리 절에 다녀갔다. 여전히 수수하고 털털한 성해 스님도 자리를 함께 했다. 이리저리 도량을 둘러보고는 일거리가 적지 않아 보이는데 조금 도와줄까 하며 넌지시 울력대장 품새를 드러냈다.

서울에서 소임을 접고 다시 산사로 내려와서 한 달 정도 시간이 흘렀다. 그 동안 마음에 두고 있었던 일거리에 하나씩 손을 대고 있다. 마당 구석의 나무토막들도 치우고, 창고를 정리하고 관물대도 만들었다. 하지만 아직 눈에 걸리는 일거리가 줄지 않고 있는 걸 보면서 자주 '울력대장' 성해 스님을 떠올린다.

스님은 스님들이 알아주어야 정말 좋은 스님이라고 하는데 성전 스님이 바로 그렇다.

스님의 책 『빈손』처럼 늘 빈 마음 빈 손으로 살아가는 스님은 도심의 절에 살면서도 산승의 본분사를 품고 여여하게 살아가는 수행자다.

산사에서 줄어 들지 않는 일거리를 볼 때마다 늘 앞장서서 힘차게 일하던 울력대장 성해 스님을 자주 떠올린다.

경상도 사나이

강원생활 중 3학년에 해당하는 사교반이 되면 생활이 무척 여유로워진다. 아침공양 뒤의 도량 청소와 기본적인 울력에 참가하는 외에 대부분의 잡다한 일에서 벗어난다. 경전 공부의 양이 많아져서 개인적인 공부와 연구의 시간이 더 필요하기 때문이다. 해인강원은 학인 수가 늘 100여 명에 이르는 큰 대중이었기에 대중이 적은 다른 강원에 비해 인원 면에서 여유가 있어서 더욱 시간을 가질 수 있었던 것 같다.

가끔 선배스님들은 "강원 대교반은 말사주지보다 낫다."는 이야기를 하기도 한다. 실제 대교반의 일상생활은 상당부분 자율에 맡겨진다. 대교반 학인은 승려의 품위를 갖추고 있었으며, 자유롭고 근사한 출가수행자의 전형이라고 할 수 있었다. 어찌 보면 강원학인 생활은 대교반을 꿈꾸며 지낸다고 해도 과언이 아니다.

사교반에 올라가면 일을 만들지도 않고 얽히지도 않는 것이 살림살이의 기본원칙이 된다. 치문반, 사집반 2년간 끝없는 울력과 소임, 그리고 엄격한 규율에 시달린 까닭에 다들 일없는 것을 바라고, 또 그것이 하나의 전통으로 여겨지고 있었다.

그런데, 사교반 개강을 하고 얼마 지나지 않아 여진 스님이 덜컥 일을 만들려고 했다. 도서관으로 사용되던 경학원 앞에 얼마간의 여유 공간이 있었는데, 그 곳에 화단을 만들자는 것이었다. 우리 반 대중스님들은 거의 반대의사를 표했다. "왜 일을 만들어서 대중을 불편하게 하려느냐."는 의견이 지배적이었다. 더하여 울력을 붙이면 "아랫반 스님들의 고생이 심하니까 안 된다."고 완강하게 반대하였다.

하지만 여진 스님은 물러나지 않았다. 우리 반 스님들은 함께하지 않아도 좋고, 아랫반 스님들은 자신이 설득하겠다고 하였다. 그렇게 며칠을 찾아다니면서 아랫반 스님들을 설득했고 우리 반 스님들의 동의도 얻어내었다. 학인들의 뜻이 모아진 다음 강사스님들과 사중에 이야기하여 결국 최종 허락을 얻었다.

일이 시작되었다. 아침강의가 끝나고 다들 곡괭이와 삽 등의 도구를 이용해서 땅을 파헤치고, 커다란 자연석을 날라다가 화단의 경계를 만들기 시작했다. 그러나 막상 일을 시작하자 모두들 그 일이 작은 일이 아님을 절감하게 되었다. 처음 2~3일이면 끝나려니 했던 일이 며칠이 지나도 진척이 없었다. 결국 우리 반 스님들도 두 팔을 걷어붙이고 동참하게 되었다.

여진 스님은 쉬지 않고 다니면서 작업지시를 했고, 대중들의 새참을 챙기는 것을 잊지 않았다. 보통 울력을 하면 강원비에서 새참을 준비하는데, 그 때는 여진 스님이 거의 도맡아서 비용을 부담하곤 했다. 다들 평소에 하지 않던 힘겨운 노동에 지치기도 했지만 일이 점점 되어 갈수록 흥이 나기 시작했다. 예상보다 훨씬 길어진 울력은 열흘 가까이 걸려서야 끝낼 수 있었다. 이런 저런 꽃과 나무를 구해다 심는 마무리 작업은 여진 스님이 도맡아서 했다. 우리 반이나 아랫반 스님들의 마음은 이미 처음 시작할 때의 마음이 아니었다. 다들 모두의 일로 생각하고 함께 기뻐하였다. 우리는 그 화단을 '여진 스님 화단'이라고 불렀다.

여진 스님은 어떤 일에 빠지면 끝까지 해내는 끈기와 고집이 있었다. 개인적으로 대학생법회를 담당해서 지도하기도 했다. 강원생활 중에는 강원의 소임 말고는 감당하기가 힘든데도 시간을 내어 학생들을 챙기고 보살피기에 게으름이 없었다. 여진 스님은 출신이 '경상도 사나이'라 발원문을 할 때 발음에 사투리가 섞이곤 했다. 그런데 어느 날

윗반 스님의 지적으로 오전 내내 쉬지 않고 발원문을 반복해서 읽고 있었다. 도반들이 그만하라고 말렸지만 끝까지 고집을 꺾지 않았다.

강원생활 중에는 거의 대부분 한 번쯤 장애를 만나게 된다. 그러면 어느 날 홀연히 걸망을 싸서 사라져 버린다. 아랫반 시절에는 대중의 압박이나 생활의 피로 때문에 걸망을 싸고, 윗반에 올라오면 선원에 빨리 가고 싶은 마음 때문에 떠나는 경우가 대부분이다.

여진 스님은 아랫반 시절 걸망을 싸서 떠난 도반을 찾아서 데려오는 데 능력이 있었다. 강원을 나가버리면 보통 3~4일 정도의 여유를 주어 도반들이 데려오곤 하는 것이 상례였다. 물론 다시 돌아오면 며칠간 참회를 통해 재입방하지만 이후 생활은 훨씬 안정된다. 그런데 어느 날 여진 스님이 걸망을 챙겼다. 정말 힘들게 다시 돌아오게 되었지만, 그 황소고집에는 고개를 저을 수밖에 없었다.

오래 지나도 어제 만난 것처럼 전화를 해서는 "여보시요, 내 누군지 알겠나?"라며 장난스러운 말투를 툭 던지곤 한다. 오히려 그 두드러진 경상도 사투리를 못 알아듣는 것이 더 이상한 일이다. 수년 전 산사음악회 때 쓸려고 멍석을 구하고 있었는데, 통영에서 서산 우리 절로 운임까지 지불해서 물건을 보내 주었다. 욕심이 없어 베풀고 나누기를 좋아하는 그 성품은 세월이 가도 변하지 않는 것 같다.

무슨 일이 그리 바쁜지, 아니면 절 비우고 나오는 것이 부담스러워 그런지 통 출입을 않는다. 못 본 지 벌써 몇 해가 지났다. 어느 날 문득 걸려온 전화에서 "여보시요, 내 누군지 알겠나?"라는 음성을 기다려본다.

광부, 어부, 농사꾼으로 변신하다

천호 스님을 처음 만난 것은 1990년 여름 강원도 정선 근처의 깊은 산골 외딴 토굴에서다. 강원의 여름방학을 맞아 성전 스님을 비롯하여 몇몇 도반들과 만행을 나선 길에 천호 스님이 혼자 머물고 있다는 토굴 이야기를 듣게 되었다. 기인처럼 산다는 천호 스님에 대한 이야기와 강원도 깊은 산골이라는 매력에 빠져 그 곳을 찾았다. 밭농사를 지으며 약초를 캐며 살던 사람이 버려 둔 집을 일 년간 빌려서 산다는 그 곳에, 비포장 길의 덜덜거림에 지친 우리가 도착했을 때 일행의 피로만큼이나 깊은 어둠이 깔려 있었다.

길이 맞는지 모르겠다며 앞장선 성전 스님이 "천호 스님~" 하고 외치며 앞서 가고 토굴살이를 하는 스님을 위한 먹거리며 물품을 챙긴

도반들이 혹시 길을 잘못 들었으면 어쩌나 하는 걱정과 함께 더듬거리며 뒤처져 따라가고 있었다. 잠시 뒤 천호 스님과 함께 지내는 듯한 처사 한 사람이 지게를 지고 마중 나와 우리를 반갑게 맞았다. 물건을 받아진 처사는 거친 돌길과 작은 냇물을 앞서 걸으며 차근차근 길 안내를 하여 곧 허름한 농가에 도착할 수 있었다.

그런데, 한발 일찍 도착하여 막 걸망을 내리고 우리를 맞이하는 성전 스님은 혼자였다. '혹시 천호 스님이 어디 출타한 것이 아닐까' 하는 불안감에 "천호 스님은?" 하고 묻는 우리에게 씩~ 웃으며 눈짓으로 우리를 안내해온 처사를 가리켰다. 작업복 차림에 머리와 수염도 적당히 자라 있었고, 먼저 스스로를 스님이라고 밝히지 않아 해인사의 칼같이 엄격한 대중살이를 하던 우리로서는 선뜻 스님이라는 느낌을 가질 수 없었던 것이다.

어쨌거나 잠시 같이 오면서도 예의를 갖추지 못하고 처사처럼 대한 것에 양해를 구하고 인사를 나누었다. 하지만 늦은 저녁을 해결하기 위해 아궁이에 불을 때고 방 정리를 하며 음식을 준비하는 중에도 '스님이 왜 이렇게 살고 있을까?' 의심을 품을 수밖에 없었다. 때로 계를 받고 나서도 스님들은 신분을 숨기고 행자생활을 하기도 하고, 공장에 가서 노동자로 일을 하기도 하며, 농사를 짓기도 하지만 자신의 신분이 드러나거나 아는 스님들을 만나게 되면 스님으로서의 태도를 분명히 하는 것이 일반적이다. 늦은 저녁을 마치고 흙냄새 풍기는 좁은 방에 둘러앉아 차를 마시며 이런저런 이야기를 나누는 중에 천호 스님은 얼마 전까지 근처의 탄광에서 석탄을 캐는 광부 일을 했었고, 그러다가 무너져 내린 흙더미에 다리를 다쳐 대충 치료를 하고 휴양 겸 해서 그 곳 토굴에 살게 되었다고 한다. 밤늦도록 나눈 차와 이야기로 다음날 늦은 아침을 먹고 함께 산행에 나섰다.

앞장서 안내하며 풀어놓는 골짜기마다 품은 이야기들이며 나무와 풀꽃들의 이야기, 그리고 버섯, 물고기며 약초 등의, 듣기만 해도 푸짐하고 넉넉한 이야깃거리와 천호 스님의 수더분하면서도 사람을 끄는 구수한 말투는 정말 산골생활 오래된 심마니와 다름없이 해박했다. 어눌하지만 분명한 언어선택으로 이야기를 하고, 깊이를 가진 맑은 눈매에 농사꾼같이 부담 없는 행동과 삶의 방식은 강원생활 중 스님으로서의 겉모양에 집착이 강했던 나에게 새로운 충격이었다.

고등학교를 마치고 집을 떠나 멀리 강원도 오대산으로 출가한 천호 스님은 출가하였지만, 오롯하고 반듯한 스님 생활과 수행 말고도 해보고 싶었던 일이 많았던 모양이다. 탄광의 광부로, 산골의 농사꾼으로, 한때는 멀리 알래스카의 바다를 떠도는 원양어선을 타기도 하며 젊은 열정과 에너지를 세상사와 삶의 현장에서 치열하게 부딪치며 발산하기도 했단다.

해가 지나고 성전 스님으로부터 천호 스님이 다시 산으로 돌아왔다는 소식을 전해 들었다. 건강이 회복되어 다시 탄광촌으로 가서 생활하다가 당시 처음 시행되었던 '학사고시'에 응시했는데, 전국수석인가를 차지해서 언론과 방송을 타게 되었고, 마침 방송을 본 은사스님이 찾아가 다시 승복을 입은 것이다. 산으로 돌아온 스님은 100일 기도로 그간의 만행을 정리하고는 걸망을 멘 선방 수좌의 길을 걷고 있다.

천호 스님은 감성이 풍부하고 시를 좋아해 입을 열면 밤을 새워 외울 만큼 시를 외우고, 책을 잡으면 그 현지를 꿰뚫을 지혜가 있으며, 몸으로 부딪치는 노동과 육신의 고단함도 두려워 않고 도전하여 견딜 줄 아는, 정말 멋있는 사람이다. 출가 전에 월급봉투 한번 받아보지 못했음이 늘 아쉬움인 나에게 천호 스님의 만행담은 부러움을 넘어 경이로움이다. 또 정진의 길에 들어서는 뒤돌아보지도 곁눈질하지도 않고 한 길로만 향하는 우직함은 빨리 함께 그 길을 가고 싶은 바람과 더불어 좋은 도반을 가진 큰 위로와 넉넉함이 되어주곤 한다.

문득 바람처럼 찾아와 잠시 차를 마시거나 이야기를 나누곤 별 기약 없이 홀연히 떠나지만 천호 스님의 자리는 늘 든든하고 따뜻하다.

천호 스님은 감성이 풍부하고 시를 좋아해 입을 열면 밤을 새워 외울 만큼 시를 외우고, 책을 잡으면 그 현지를 꿰뚫을 지혜가 있으며,
몸으로 부딪치는 노동과 육신의 고단함도 두려워 않고 도전하여 견딜 줄 아는 정말 멋있는 사람이다.

고산 큰스님의 복사판

　　줄곧 큰스님을 시봉하면서 살아 어느덧 큰스님의 모습을 닮아버린 스님이 있다. 행동거지도 말투도 그렇고 법상에서 설법하는 모습도 영락없는 큰스님의 복사판 그대로다. 그래서 법상에 오르신 큰스님을 뵈면 큰스님을 닮은 도반이 생각나 문득 웃음을 짓기도 한다.

　　효명 스님은 고산 큰스님 시봉이다. 강원에서 함께 공부할 때 말투와 행동거지를 어찌나 노스님같이 하는지 젊은 스님이 왜 그렇게 행동을 하는지 궁금할 정도였다. 유난히 꼿꼿한 자세와 엄격한 태도에, 공을 많이 들여 빳빳하게 풀 먹인 무명옷을 즐겨 입었는데 곁눈질 한 번 하는 일을 보지 못했다. 경을 읽을 때는 진지하고 긴장된 태도로 신중에 신중을 다하고 맡은 소임은 철저하여 빈틈을 용납하지 않는 고지식함이 줄줄 흘러나왔다.

언젠가 겨울안거에 선방 용맹정진에 들어가려고 대중의 신청을 받는데, 효명 스님이 며칠 말미를 주었으면 하기에 그렇게 하기로 했다. 건강이 좋지 않아 몸을 추슬러 본 다음에 결정을 하려나 생각하고 며칠을 지냈는데, 그 철 용맹정진은 어렵겠다고 양해를 구했다.

이미 여러 차례 용맹정진을 마친 터라 꼭 들어가야 할 이유도 없었고 건강이 허락지 않아 그런 것이라 여겼다. 하지만 며칠 뒤 우연히 알게 된 사실은 효명 스님의 고지식한 일면이 적나라하게 드러나는 이야기였다.

혹시 용맹정진에 들어갔다가 대중스님들께 누라도 끼치게 될까 봐 말미를 얻은 며칠 동안 밤마다 잠을 자지 않고 정진을 했다는 것이다. 미리 힘을 얻어 함께 정진하기를 바라는 간절한 마음에서 한 일이지만 낮에도 따로 쉴 수 없는 꽉 짜인 강당생활에, 온전하지 못한 몸으로 며칠 밤을 새웠으니 배겨날 수 없었던 것이다. 여럿이 함께 정진하면 설혹 힘이 약한 스님이라도 대중의 힘으로 버틸 수 있지만 남들 다 자는 밤에 혼자 깨어 하는 정진은 몇 배 힘이 드는 일이다. 미련스럽기까지 했던 그 일은 이후 대중용맹정진 들어가기 전에 혼자 용맹정진을 해 마친 괴팍한 스님이라고 가끔씩 도반들의 놀림거리가 되기도 했다.

물론 악의 없는, 깊은 애정에서 하는 말이었다.

다른 종교를 믿던 효명 스님의 속가 모친이 아들을 보러 절에 찾아왔는데 몇 가지 이유로 법당에 참배를 하지 않았단다. 그래서 스님은 아들을 만나러 왔으면 당연히 아들의 스승에게도 예를 표해야 하는 것이니 법당에 가서 참배할 것을 당부했단다. 그렇게 출가한 아들의 인연을 가지고도 불교의 인연을 맺지 못하던 모친을 7년 세월 동안 꾸준히 설득하고 불법을 전했다. 결국 기도의 원을 세워 불자로 만들었다. 출가한 몸으로 먼저 가족을 제도하지 못하고 어떻게 다른 사람에게 포교한다고 할 수 있는가 하는 자기 확인의 과정이었던 것이다.

대중살이에 조금 머트러운 점이 있어도 서로 얼굴 붉히기 싫어 그냥 넘어가는 일이 있기도 했는데, 성격이 깐깐한 효명 스님은 그래도 할 말은 해야 한다며 사심 없는 지적을 아끼지 않았다. 하지만 그런 중에도 혹 도반들의 소임에 실수가 있으면 대중이 불편해 할까 봐 솔선해 대신해 주는 자상함을 보여 주기도 했다.

차를 좋아해서 팽주 자리에 앉아 도반들에게 차 우려주기를 즐겨 하였고, 맛있는 차를 위해 약수를 뜨러가는 수고를 아끼지 않았다. 대중이 산행을 갈 때면 대부분 간편한 복장에 편한 신발을 신는데, 유독 혼자 무명옷에 털신과 고무신을 고집하면서도 자신은 복장이 그것뿐이라 어쩔 수 없다는 핑계로 자신의 방식을 지키곤 했다.

그런 고지식한 모습으로 무장한 효명 스님이지만 가끔씩 지대방에서 도반들과 격식 없는 자리를 함께할 때면 나름대로 우스개 소리도 하고 소리 내어 웃기도 하면서 어우러지는 대중생활을 위해 노력하는 모습을 보여준다.

강원을 마치고 은사스님을 시봉하면서는 일 년에 한 철은 반드시 선방을 가도록 하겠다는 허락을 얻어 수좌와 소임을 겸하는 철저함을 보이기도 하였다. 철을 나지 않을 때는 정진 중인 사형제들과 도반스님들을 찾아다니며 대중공양으로 뒷바라지하고 자신도 다만 일주일이라도 시간을 내어 보궁과 기도처를 찾아 기도의 고삐를 늦추지 않는다.

주지소임을 맡고부터는 절에서 운영하는 불교대학의 강의를 직접 챙기면서 신도 교육은 스님이 시켜야 한다며 스님들로 강의를 채우는 열성을 보여준다. 강의가 끝나면 녹음테이프를 꼼꼼히 챙겨듣는 치밀함을 가져 효명 스님의 혜원정사 불교대학 강의를 부탁받는 스님들에게 적지 않은 부담을 주기도 한다. 하지만 때로 강의가 끝나고 식당에 노래방 기계를 설치해 스님들과 신도들이 어우러져 노래한마당을 만드는 여유를 가지기도 한다.

큰스님을 모시고 사는 주지소임이 수월하지도 자유롭지도, 또 뜻대로 되지도 않을 텐데 이미 큰스님을 닮아버린 효명 스님은 그런 생활이 무척 즐거운 모양이다.

더불어 함께

이제 조금씩 시들어가는 상사화를 보며 연인의 이루지 못한 사랑보다도

젊은 스님의 흔들리는 수행심보다도

가족 간에 이별의 상사병을 앓고 사는 내 이웃의 아픔을 본다.

어느 강아지의 죽음

오랜 만에 컴퓨터를 타고 쪽지가 하나 날아왔다. 잘 아는 선배스님이 보내신 글이었다. 평소 자주 만나기는 하지만 서로 쪽지나 메일을 주고받은 적이 없었는데, 보낸 시간을 보니 새벽 5시가 조금 넘었다. 지방에서 올라오신 모양인데, 피곤도 잊고 그 시간에 보낸 것을 보니 마음이 무척 사무치게 아프셨던 것 같다. 함께 읽으면 좋을 것 같아 그 글을 옮겨본다.

새벽바람을 맞으며 조계사로 가는 중이었습니다.
차에 치인 듯한 강아지가 차도 위에서 낑낑거리고 있었습니다.
차를 세우며 그쪽으로 가는데 짐 실은 오토바이가 그 앞에 멈추는 듯하더니 그 강아지 위를 밟고 지나가는 것이었습니다.

강한 단발의 비명소리와 함께 강아지는 미동이 없었습니다.

차를 세우며 천천히 다가가 보았습니다만, 눈으로 못 볼 정도로
잔혹한 광경을 목격해야 했습니다.

그 오토바이는 이미 보이지 않고, 안타깝고 야속한 마음에 화가
났습니다.

언제부터 우리가 이토록 생명을 경시하게 되었는지….

죽는 당사자보다 죽는 것을 봐야 하는 이쪽의 슬픔이 더 큰 것인데

개를 치고 가던 그의 마음에는 그냥 개의 죽음이었고

그것을 지켜보던 내 마음에는 생명의 죽음이었습니다.

아무리 보잘 것 없는 미물이라도 살릴 수 있으면 살리는 것이

자연운동의 첫 번째라는 생각을 해 봅니다.

우리의 마음 안에 자비의 종자가 끊어지지 않도록

애써 마음을 추스려야 하겠습니다.

도심지에서는 자주 볼 수 없는 광경이지만, 시골길이나 고속도로
를 운전하다가 보면 차에 치어죽은 개나 고양이 등 짐승들의 시신을
자주 만나게 된다. 차마 볼 수 없을 정도로 참혹한 형상인 경우가 많
다. 지금까지는 어쩔 수 없는 불의의 사고로만 생각했었다. 그래서 그

런 모습을 볼 때마다 "부디 다음 생에는 극락세계에 태어나서 이런 불행을 다시 만나지 마라."고 축원을 하곤 했다. 그런데, 선배스님의 쪽지 글을 보고나니 그 숱한 죽음들이 짐승의 생명을 대수롭지 않게 여기는 사람들의 무자비한 마음에서 기인된 것이 아닌가 다시 생각하게 되었다.

불가에서는 살생을 하면 자비의 종자가 끊어진다고 한다. 한 번 종자가 끊어지면 다시 회복할 수가 없는 것이다. 그래서 무자비(無慈悲)해지는 것이다. 비록 사람이 아닌 미물일지라도 생명을 해치면 자비의 마음이 점점 줄어들게 된다. 반대로 작은 생명이라도 아끼고 사랑하면 큰 자비심을 갖게 되는 것이다. 인생살이가 비록 거칠고 힘들지라도 생명을 손상시키는 행위를 저질러서는 안 된다. 그런 행동은 결국 자신의 자비심을 소멸시켜서 스스로 외롭고 고독하게 되는 나쁜 일인 까닭이다.

어린 강아지와 많은 짐승들의 참혹한 죽음, 이 죽음들의 슬프고 비참한 모습들이 우리 사람들의 무자비심을 고발하고 있다. 독하고 모진 인간들의 잔인한 행위를 비추는 거울이 되고 있다.

예뻐서 더 슬픈 상사화

부석사 화단에 상사화가 지천으로 피었다. 봄에 그 잎을 무성하게 피우더니 어느새 잎들은 흔적조차 사라지고, 그 자리에 꽃대가 쑥쑥 올라와 탐스러운 꽃들을 아름답게 피우고 있다.

상사화(想思花)라는 이름은 좋아하는 사람을 그리워하다가 병이 들어서 결국은 죽어가는 상사병에서 그 이름이 연유되었다. 겨울을 지낸 상사화는 이른 봄부터 부지런히 싹을 틔워 뿌리에 양분을 저장하며 꽃이 피어나기만을 학수고대한다. 그러나 어느 날 그 무성하던 잎이 허망하게 전부 말라죽어 버린다. 잎이 말라죽고 나면 그렇게 기다리던 상사화는 잎이 죽은 자리에 꽃대를 올려 보내어 예쁜 꽃들을 피워낸다. 이 꽃들은 양분을 보내준 잎을 만나보려고 열심히 꽃을 피웠지만 잎은 이미 말라서 사라진 다음이다. 이렇게 잎과 꽃이 만날 수 없는 상사화는 이별초라고도 부른다.

상사화는 특히 우리나라의 사찰 부근에 많이 심어져 있는데 재미있는 이야기가 전한다. 일설에는 스님을 몰래 사모하던 마을 처녀가 사랑을 이루지 못하고 병들어 죽어서 상사화로 피어났다고 한다. 다른 이야기는 수도하던 젊은 스님이 세속의 한 여인에게 마음을 빼앗겨 번뇌에 시달리다가 그 여인을 생각하며 꽃을 심었는데 그 꽃이 바로 상사화라고 한다. 젊은 스님은 상사화를 바라보며 마음을 다스렸다고 하는 이야기다.

세상의 큰 고통 중 하나가 사랑하는 사람과 헤어져서 만나지 못하는 것이다. 비단 사람뿐 아니라 키우던 짐승도 그렇고, 살던 마을과 집은 물론 아끼던 물건들도 마찬가지로 헤어지면 괴롭고 슬프다. 삶이라는 것이 만남과 이별의 연속으로 이루어지는 것이지만 그래도 죽을 때까지 익숙해지지 않는 것이 이별이다.

우리나라에서는 한 해 평균 3,000~4,000명의 실종아동이 발생한다고 한다. 각종 신문과 인쇄매체들에서는 일상적으로 실종된 아동들의 사진과 이름 및 특징들을 배포하여 아이들을 찾고 있다. TV방송에서도 외국에 입양되었다가 성장해서 고국을 방문해 부모와 피붙이를 찾는 애절한 모습들을 쉽게 볼 수 있다. 꼭 외국에 입양되지 않았어도 아이를 잃어버린 부모와 가족들도 그렇고 부모와 피붙이를 잃고 어려운 삶을 살아온 사람들의 아픈 인생은 보는 사람의 눈에도 눈물이 흐르게 한다.

과거에는 전쟁과 가난 때문에 뼈아픈 가족의 이별이 있었다지만, 지금은 또 왜 이렇게 많은 아이들이 가족과 헤어지는가? 그리고 인터넷과 정보통신망이 세계적으로 손꼽히는 우리나라에서 왜 그 아이들이 가족의 품으로 돌아가기가 이렇게 어려운가? 그 가장 큰 이유는 무관심이라고 생각된다. "부뚜막의 소금도 넣어야 짜다."고 하는 말이 있다. 아무리 좋은 환경과 도구가 있어도 마음이 없으면 제대로 쓸 수 없다. 어떤 스타의 결혼소식이나 스캔들 기사는 하루에도 수만 명이 검색을 한다고 한다. 하지만 잃어버린 아이들과 헤어진 가족을 돕고자 하는 노력은 너무나 미미하기만 하다.

이제 조금씩 시들어가는 상사화를 보며 연인의 이루지 못한 사랑보다도 젊은 스님의 흔들리는 수행심보다도 가족 간에 이별의 상사병을 안고 사는 내 이웃의 아픔을 본다.

20대에 결혼하라

사실 이 글을 써야겠다고 생각한 지는 오래지만 몇 가지 이유로 망설일 수밖에 없었다. 그 첫째 이유가 출가해서 혼자 사는 사람이 다른 사람의 결혼을 권하는 글을 쓴다는 것이 그렇고, 다음으로는 30을 넘긴 노처녀 노총각들의 항의 때문이었다. 우리 절(서산 부석사)에서는 주말이면 템플스테이를 운영하는데 참가자 가운데 태반이 노처녀들이었다. 표현은 '예쁜 노처녀'라고 해주지만 내심 홀로 나이 들어가는 독신들이 그렇게 예뻐 보이는 것은 아니다.

그러다 보니 지난 1년간 노처녀 노총각들에게 결혼에 대한 잔소리를 곧잘 했던가 보다. 그럴 때면 대부분 나름대로의 노하우를 가지고 늦어지는 결혼에 대한 응대를 하지만, 가끔 어떤 이들은 "스님, 마음 쉬려고 절에 왔는데, 스님까지 그러시면 어떻게 해요."라며 투정을 부리기도 한다. 겉으로는 무심한 척하여도 사실 가장 고민이 많은 사람들은 당사자가 아니겠는가.

이렇게 결혼이 늦어지는 데는, 특히 여성들의 결혼이 늦어지는 데는 어머니들의 책임이 적지 않다고 생각된다. 일반적으로 전후세대라고 불리는 50대의 여성들은 그야말로 힘들고 고달픈 인생행로를 걸어왔다. 그 이전 세대의 봉건적 삶의 억압을 고스란히 받아야 했고, 새로운 시대의 자유로움을 접할 수도 있었지만 이미 구속된 삶의 굴레에서 참고 견디는 것으로 인생을 살아왔던 것이다. 그래서 당신의 딸들은 자신들보다 좀 더 자유롭고 아름다운 삶을 살기를 바라는 분들이 많았다. 당신들이 생각하는 가장 큰 굴레는 결혼이었고, 그래서 대부분 딸들이 빨리 결혼하는 것을 은연중 원치 않았던 것이다.

이런 어머니들이 이제는 새로운 고민에 빠져 있다. 딸의 나이가 서른 초반까지만 해도 자신이 있었지만, 서른 중반을 넘어가며 점점 어려워만 가는 딸들의 혼인문제는 남은 인생의 큰 짐이 되고 있는 것이다. 이렇게 늦어지는 결혼문제는 비단 가정의 문제일 뿐 아니라 우리 사회의 대책 없는 숙제로 변해 버린 지도 이미 오래다.

20대에 결혼하면 좋은 점이 정말 많다. 먼저 부모님들이 아직 젊기 때문에 다양한 지원과 도움을 받을 수 있다. 사회경험이 짧은 자녀들을 위한 경제적인 도움은 물론이고, 아이들을 키우는데도 적극적인 관심과 도움이 가능하다. 또 안정적인 가정을 바탕으로 더 활발한 사회생활이 가능하다. 특히 여성들은 약간의 사회경험을 하고 20대에 결혼하면 대체로 30대 중반이면 자녀들을 초등학교에 보낼 수 있게 된다. 아이를 키우면서 자신의 역량도 쌓고 틈틈이 정보를 모은다면 다시 사회에 복귀하는 것이 그리 어려운 일이 아니다. 이후에는 거의 중단 없이 일을 계속해 갈 수 있는 것이다.

30을 넘긴 나이에 결혼과 직장생활을 계속해야 한다는 갈등, 그리고 이후의 출산과 육아문제는 여성들의 결혼을 더욱 어렵게 만든다. 사실 지금의 한국사회는 단지 생각을 조금만 바꾸면 늦어지는 결혼문제의 해법을 찾을 수 있다고 본다.

일찍 결혼하면 가정에 속박되어 청춘을 손해 본다는 생각이 많을 것이다. 하지만 결혼이 늦어져서 생기는 장애와 구속이 결코 빠른 결혼에 비해 적지 않음도 알아야 할 것이다.

참고 견디며 살아온 50대 여성들, 당신들이 생각하는 가장 큰 굴레는 결혼이었다.
그래서 당신의 딸들은 좀더 자유롭고 아름다운 삶을 살기를 바라며, 딸들이 빨리 결혼하는 것을 은연중 원치 않는 것 같다.

사람도 물건도 본래 깨끗하고 더러운 것이 없다. 귀하고 천한 것도 없다.
처음도 그리고 나중도 지금과 같을 거라는 생각은 잘못이다.
고정관념에 매이지 않는 자유로운 생각과 새로운 시도가 변화를 만들어 내는 것이다.
걸레를 빨면서 내 속에 찌든 묵은 관념들도 함께 세탁해 본다.

셋째부터는 거저 키운다

몇 해 전부터 만나는 30대 주부들에게 '한 자녀 더 낳기'를 적극 권장해 왔다. 우리나라의 출산율이 세계 최하위 권에 들어가 있고, 그로 인해 우리 사회의 미래가 상당히 어둡다는 사실은 산사의 수도승에게도 심히 걱정스러운 일이었기 때문이다.

중국에서는 산아제한정책으로 아이를 하나밖에 낳을 수 없어 아이들에 대한 집착이 엄청나다고 한다. 이런 외동아이에 대한 도시 지역 부모의 집착은 거의 병적이라 그 아이들을 '소황제(小皇帝)'라고 부른다고 한다. 이렇게 과도한 보호와 관심을 받고 자란 아이들은 단체생활에 잘 적응하지 못할 뿐 아니라 성인이 되어서도 많은 부작용을 나타낸다고 한다.

우리나라 사람들은 중국 사람들처럼 아이들을 귀하게 여겨 소황제라고 부르지는 않지만, 아이들에 대한 관심과 집착은 중국 사람들에 비해 결코 모자라지 않다는 것은 누구라도 공감할 것이다. 일례로 아이들에 대한 사교육비의 지출금액이 가정경제의 상당한 비중을 차지하고 있다는 보고는 그 자체가 부정할 수 없는 증거이다. 이런 사교육비의 부담으로 인해 자발적인 출산기피현상이 일반화되었고, 한두 명에 불과한 자녀에 대한 부모와 가정의 기대와 요구 및 압박은 계속 증가할 수밖에 없는 것이다.

어른들이 자주 하던 말씀 중에 "셋째부터는 거저 키운다."는 이야기가 있다. 첫째와 둘째아이를 키울 때는 적지 않은 힘이 들지만 셋째아이부터는 수월하게 키우게 된다는 말이다. 실제로 그런지 궁금해서 아이가 셋 이상 있는 집에 여러 차례 물어보았었다. 그런데 대부분 실제로 그렇다는 대답이었다. 아이를 키우는 방법과 요령이 생긴 것도 있겠지만, 위의 형제들이 쓰던 물건도 물려서 쓰고 또 형이나 언니가 동생을 돌보기도 하니 상당히 수월하고 부담이 덜하단다.

사교육비도 그렇다. 이전에는 어머니가 학교 가기 전의 아이들을 가르쳤고 위의 형제들이 동생들의 공부를 봐주었다. 형이나 언니들은 아우를 가르치면서 자신도 이전의 공부를 복습할 수 있어 실력향상에도 도움이 될 뿐 아니라 형제간의 우애도 각별해지곤 했던 것이다. 무조건 학원과 과외에만 의존하려고 하는 편협한 생각이 고착된 것은 형제가 없는 가정환경이 하나의 원인일 수 있다.

어떤 사람들은 부모나 형들이 자녀와 동생을 가르치기가 힘들다고 한다. 교과과정이 복잡해져서 가정에서는 도저히 자녀를 가르칠 수 없다고도 한다. 우리의 학교가 아이들에게 얼마나 대단한 교육을 실시하기에 부모가 자녀들을 가르칠 수 없고, 몇 년 위의 형이나 언니가 아우들을 가르칠 수 없다는 말인가. 이것은 말이 안 된다.

아이들이 점점 줄어가는 것만큼 우리의 가정과 사회는 점점 메말라 가고 있다. 동화에서 나무꾼 덕분에 생명을 구한 사슴이 들려준 가정을 지키는 조건이 아이 셋을 낳을 때까지 선녀의 날개옷을 돌려주지 말라는 것이었다. 자녀가 세 명은 되어야 진정한 가정의 행복을 지킬 수 있다는 것이라고 해석해 본다면 너무 넘치는 생각일까.

72세 택시기사 아저씨

택시를 타자마자, 기사님이 "감사합니다."라고 인사를 건네 왔다. "네, 감사합니다."라고 대답하고 보니 기사님의 말투가 너무 어눌하다는 생각이 들었다. 찬찬히 살펴보니 큰 체구에 동작이 느릿하고 무척 나이가 들어 보이며 몸이 편치 않아 보이셨다. 순간 문득 '차를 잘못 선택했나?'라는 생각이 스쳐지나갔다. 그래도 이왕 탔으니 선택의 여지가 없다.

차가 출발하고 잠시 뒤 기사님이 말문을 열었다. 역시 말투가 불안정한 것이 확실했다. 조금 불안감이 생기기 시작했다. 기사님은 보통의 경우처럼 세상 돌아가는 이야기를 시작했다. 부자는 더 부자가 되고, 가난한 사람은 더 가난해 진다며 말을 시작했는데, 잠깐 사이에

공산주의 이론을 정립한 마르크스와 엥겔 이야기로 옮겨가버렸다. 얼마나 폭넓고 정확한 지식을 가지고 있던지 운동권 출신 어르신인가 하는 생각이 들 정도였다. 그렇게 시작된 기사님의 이야기는 IMF의 창립과 역사를 꿰어서 영어약자의 해설에까지 이르렀다.

대화가 이쯤에 이르자 기사님은 자신의 신상에 대해 간략하게 말해 주었다. 나이 72세, 학교는 초등학교를 마쳤고, 몇 개월 전부터 언어장애가 와서 발음이 온전하지 못하게 되었다는 이야기, 그리고 술도 담배도 하지 않고 건강하게 살아왔는데 언어장애가 와서 속상한 심사까지 말씀해 주셨다. 그러면서 자신은 늘 공부를 하고 있다고 하시면서 외국어도 몇 가지 할 줄 안다고 말씀하셨다. 문득 호기심이 생겨 무슨 언어를 하실 수 있느냐고 물어보았다.

젊은 시절 중동에 가서 몇 년간 일할 때 아랍어를 배웠고, 혼자 독학으로 익힌 영어도 회화가 가능하다는 것이었다. 들으면서도 별로 신뢰가 가지 않았다. 초등학교밖에 마치지 못한 노동자가 해외에 일하러 가서 언어를 배웠다는 것도 그렇지만 영어회화까지 가능하다니. 그런데 내 생각을 알았는지 기사님이 항상 가지고 다닌다는 사전들을 보여 주셨다. 새까맣게 손때가 묻은 것이 정말 보통 공부한 흔적이 아니었다. 자신은 길을 다니다가 모르는 영어나 글이 나오면 반드시 사전을 찾아 공부한다는 것이었다. 잠시 몇 가지 영어 발음과 용어를 예를 들어 설명하는데 풍부한 경험과 깊이 있는 지식으로 생각되었다.

덧붙여 기사님은 젊은 사람들을 만나면 해 준다는, 최선을 다하면 성공할 것이라는 말을 영어로 들려주셨다. Do your best, and you will succeed. 순간 마음속에서부터 미소가 솟아 올라왔다. 학창시절 영어 공부할 때 한번쯤 외웠던 문장이었다.

당신은 70이 넘은 지금도 늘 쉬지 않고 공부한다고 하는데 배움에서 즐거움과 기쁨을 얻고 있는 것 같았다. "학이시습지면 불역열호(學而時習之 不亦悅乎)아, 배우고 때때로 익히면 기쁘지 아니한가!"라는 논어의 말씀을 이 택시기사님은 이미 몸으로 깨치고 있었다. 목적지에 가까워지자 대화를 정리해야 했다. 아저씨는 공부를 통해서 느낀 것은 '겸손'이라고 결론지었다. 이 세상에 겸손해야 하고, 사람들에게 겸손해야 한다는 것이었다.

택시에서 내려 길을 걸으며 마음이 무척 훈훈했다. 저런 분도 있었구나! 부디 건강하시고, 빨리 아저씨의 언어장애가 나아지기를 마음속으로 기도드렸다.

제비를 모르는 시골아이들

제비와 참새, 우리나라 사람들에게 가장 친숙한 새들이다. 아니 이제는 친근한 새들이었다고 해야 하겠다. 어린 시절 참새를 잡아보겠다고 쌀을 조금 뿌려놓은 다음, 끈을 묶은 나무막대에 소쿠리를 받쳐놓고 마당구석에 한동안 숨어 있었던 적이 있었다. 그러나 재빠르고 영악한 참새들은 어린아이의 손으로 잡을 수 없었고 번번이 허탕을 쳤다. 늘 손에 잡힐 듯 가까이 있으면서도 잡히지 않고, 이리저리 휘리릭 휘리릭 떼 지어 날아다니는 참새들은 때때로 얄밉기까지 했다.

봄이 되면 집집마다 제비가 처마에 집을 지을까 봐 신경을 썼다. 제비가 집을 지으면 제비집 아래 나무판을 달아 제비의 배설물이 현관을 더럽히지 않도록 조치를 해야 하기 때문이었다. 흥부와 제비의 이야기가 있어서 그런지 보통의 집에서 제비는 반갑고 귀한 손님이었다. 제비가 집을 짓고 알을 낳으면 몰래 들여다보며 알에서 새끼제비가 자라는 것을 관찰하기도 했다. 새끼제비들이 어미가 잡아온 벌레를 서로 먹으려고 입을 크게 벌리고 집 밖으로 고개를 쑥 내미는 광경은 정말 앙증맞고 보기가 좋았다. 간혹 쥐나 뱀이 제비 알이나 새끼들을 해치기도 했는데, 그럴 때면 빗자루를 들고 제비집을 지켜주기도 했었다. 대부분의 집에서 제비를 좋게 여겼지만, 제비의 배설물과 깃털이 날리는 것을 싫어하는 일부 사람들은 집을 짓지 못하게 제비를 쫓기도 했고, 이미 지은 제비집을 부수어버리기도 했다.

연미복이라는 제비꼬리를 닮은 양복이 있을 만큼 멋들어진 검게 반짝이는 쭉 뻗어 내린 두 날개와 하얀 배는 정말 세련되고 멋진 맵시를 자랑했다. 제비는 쭉 빠진 몸매에 걸맞게 비행솜씨도 일품이었다. 공중에서 이리저리 휙휙 빠르게 날아다니는 제비를 보면 왠지 기분이 좋아지곤 했다.

얼마 전 우연히 제비에 대한 TV방송을 보게 되었다. 방송을 보는 중에 문득 제비를 본 지 오래 되었다는 생각이 들었다. 그렇다. 요 몇 년 사이 제비를 본 기억이 없다. 제비가 산에 있는 절이라서 안 올라오나? 궁금증이 들어 절에 사는 초등학교 아이들에게 물어보았다. "애들아, 마을에는 제비가 있니?" "네, 제비가 뭔데요?" 전혀 기대하지 못했던 엉뚱한 대답이 나왔다. 차근하게 설명을 하며 자세히 물었지만 아이들은 제비를 정말 모르고 있었다. "그럼 참새는, 참새는 알지?" "참새요, 그것도 모르겠는데요. 본적이 없어요."

그랬다. 요즘의 시골아이들은 제비도 참새도 알지 못했다. 농약을 너무 많이 써서 먹이사슬이 끊어져 버려 시골에도 새들이 살지 않기 때문이란다. 물론 제비와 참새가 완전히 사라져버린 것은 아니다. 하지만 우리는 이렇게 한 세대도 채 지나지 않아 우리 시대의 대표적 철새와 텃새를 잃어가고 있는 것이다. 도저히 납득할 수 없는데, 분명한 현실이다.

우리가 잃어가고 있는 것이 제비와 참새만은 아닐 것이다. 더 귀하고 소중한 것들을 우리는 잃고, 잊어가고 있다. 모든 것은 변한다. 하지만 무엇보다도 주변의 생명들이 사라져가는 것에 둔감해서는 안된다. 모든 생명은 한 뿌리에 다름 아니다. 작은 생명들이 사라져 가면 그것이 바로 우리 생명의 위기임을 직관해야 한다.

걸레를 빨면서

이사하고 처음으로 대청소를 했다. 미처 정리하지 못했던 짐들을 정돈하고, 구석구석 쌓인 먼지와 묵은 때를 닦아냈다. 작은 공간이지만 제법 일거리가 되었다. 거의 한나절을 땀에 흠뻑 젖어 일을 했다. 이사 오기 전 사람을 시켜서 청소를 했었다. 하지만 걸레를 들고 직접 손을 대보니 할 일이 태산 같았다. 그래서 다들 "자기가 직접 해야지."라며 유난을 떠는 모양이다.

구석구석에 쌓인 묵은 때를 닦은 걸레는 시커먼 얼룩이 져있었다. 몇 번을 주물거리며 빨아서 썼는데, 처음처럼 깨끗해지지는 않는다. 이걸 어떻게 해야 하나 잠시 망설여졌다. 그 때 문득 옛 기억이 하나 스쳐지나갔다. 고교시절 대청소를 할 때였다. 대걸레를 빨러 간 친구 하나가 시간이 한참 지나도 돌아오지 않는 것이었다. 청소하기 싫어서 도망갔으려니 하고 생각했다. 그런데, 30분 정도 지나 청소가 거의 끝나갈 무렵 그 친구가 하얀 대걸레를 하나 들고 나타났다. 모두에게 굉장히 신기한 느낌을 주었다.

학교의 대걸레는 언제나 검게 더러워진 것이 보통이었다. 학기 초에 처음 걸레를 공급받을 때, 그 때만 새 걸레의 하얀 색을 볼 수 있을 뿐 이후로는 걸레는 늘 검은색이었다. 사실 그 친구는 청소가 하기 싫어서 농땡이를 치려고 생각했었단다. 하지만 변명거리가 필요하니 대걸레를 들고 가서 적당한 핑계거리를 만들려고 했었다. 수돗가에 가서 걸레를 빨기 시작했는데, 한참을 빨다보니 색이 하얗게 드러나더라는 것이었다. 그래서 제대로 마음을 먹고 빨아서 걸레를 하얗게 만들어 온 것이었다. 다들 그 때 처음으로 걸레를 하얗게 빨 수 있다는 것을 알았다. 대충 주물럭거려서 빨아서 쓰니까 걸레가 늘 더러운 것이지 깨끗하게 빨면 깨끗해지는 것이다.

세탁비누를 챙겨서 걸레를 빨기 시작했다. 앞으로 뒤로, 이리저리 돌려가며 정성껏 빨고 나니 본래의 깨끗한 모습을 찾았다. 무척 만족스러운 생각이 들었다. 수건과 섞이지 않도록 잘 구별해서 써야겠다는 불필요한 걱정마저 들었다.

흔히 '걸레는 빨아도 걸레고, 행주는 빨아도 행주' 라는 말을 하곤 한다. 사람의 근본 바탕은 바뀔 수 없다는 부정적인 말이다. 그런데, 걸레와 행주가 본래부터 걸레와 행주는 아니었다. 우리의 걸레와 행주는 용도와 기능이 다한 다양한 천들이 마지막 봉사를 하는 역할을 할 뿐이다. 일회용품에 밀려 거의 사라졌다가 환경과 아기들의 건강을 위해 다시 사용이 늘기 시작한 헝겊기저귀가 있다. 이 기저귀는 항상 아기들의 똥과 오줌으로 더러워지지만 삶아서 빨아놓으면 무엇보다 순수하고 깨끗한 느낌을 준다. 걸레는 더럽지만 기저귀는 깨끗하다는 생각, 이런 고정관념이 문제다. 어떤 사람은 우리의 더러움을 닦아주는 걸레를 예찬하기도 한다. 이런 생각 또한 다만 별스러울 뿐이다.

사람도 물건도 본래 깨끗하고 더러운 것이 없다. 귀하고 천한 것도 없다. 처음도 그리고 나중도 지금과 같을 거라는 생각은 잘못이다. 고정관념에 매이지 않는 자유로운 생각과 새로운 시도가 변화를 만들어 내는 것이다. 걸레를 빨면서 내 속에 찌든 묵은 관념들도 함께 세탁해 본다.

결혼식에 대한 단상

대학을 졸업하고 출가하여 1년쯤 지났을 때였다. 절친하게 지내던 한 선배의 결혼식에 별 생각 없이 참석하게 되었다. 그런데 그 때 그 자리가 이후 결혼식에는 참석하지 않는 계기가 되어버렸다. 승복을 입고 앞자리에 앉기가 쑥스러워 구석자리에 앉았는데, 주변에 있던 사람들의 작은 속삭임이 들려오는 것이었다. 내용인즉 신부에게 실연당해서 출가한 사람일지 모른다는 이야기를 나누고 있었던 것이다. 순간 얼굴이 화끈하게 달아오르며 어찌할지를 몰라 얼른 일어나 예식장을 빠져나오고 말았다. 이제는 하객이 아닌 주례의 신분으로 가끔 예식장을 가는데, 20여 년의 세월이 흐른 지금도 그 때를 생각하면 쑥쓸한 미소가 지어진다.

서양 영화를 보면 결혼식은 거의 성당이나 교회에서 한다. 다른 장소에서 하는 경우라도 성직자가 주례가 되어 신랑신부를 축복하고 결혼의 증인이 되어준다. 종교의 신성함으로 결혼식을 순결하게 하고 완전하게 하는 것이다. 하지만 우리나라의 경우는 결혼식이 전혀 종교적이지 않다. 거의 대부분 예식장을 이용하여 식을 올리고, 스님이나 성직자가 주례를 해 주는 경우도 그리 많지 않다.

그러다 보니 우리의 예식문화는 지나치게 세속적이고 편의 위주로 변해버렸다. 신랑 친구들은 함을 팔고, 신부 친구들은 꽃을 팔아서 그 돈으로 유흥을 즐기는 데 써버린다. 결혼식 전에 신랑이 술을 너무 마셔서 취기가 가시지 않은 상태로 결혼식장에 들어가는 경우도 적지 않다고 한다. 부모와 친척 친지들이 모인 예식자리에서 도에 지나치는 애정표현을 요구하고, 신부만세를 부르는 등 별의별 기상천외한 상황이 연출되기도 한다.

1시간 간격으로 앞뒤로 짜인 예식시간 때문에 신성한 결혼보다는 절차에 따라 그냥 일사천리로 식을 진행해야 한다. 또 적지 않은 하객들이 축하금만 접수하고 식에 참석하지 않고 그냥 가거나 바로 식당으로 향한다. 진정한 축하와 축복의 모습은 정말 찾아보기 어렵다.

대부분의 결혼한 여성들은 면사포를 쓰고 하얀 웨딩드레스를 입고 찍은 사진에 깊은 의미를 둔다고 한다. 그래서 요즘은 결혼식 전에 적지 않은 시간과 비용을 들여 따로 사진을 찍는다고 한다. 이미 결혼한 사람들도 식을 올리지 못했거나 결혼사진이 없는 부부들은 서로 마음에 큰 부담과 상처를 가지고 있는 경우가 많다. 그래서 한때 이런 부부들을 위해 결혼식을 올려주거나 사진을 찍어주는 일이 사회적으로 유행하기도 했었다. 가정을 꾸리는 데 있어 결혼식은 가장 떳떳한 출발점이 된다. 그래서 성장하는 자녀들에게나 주변의 이웃들에게도 자신들의 당당한 결혼식의 모습을 보이고 싶은 것이다.

근래 결혼식이 지나친 상업주의에 편승하고, 결혼에 대한 참 뜻과 내용도 격식도 없는 요식 행위의 장으로 전락된 것을 개탄하는 소리가 커지고 있다. 그래서 뜻있는 어른들이 결혼 예식문화를 바로잡고자 주례 모임을 결성했다고도 한다. 꼭 종교적 성스러움을 구하지는 않는다 하더라도 이제는 우리의 결혼식 문화가 행복한 가정을 탄생시키는 첫 출발점으로서 부족함이 없는 내용과 격식을 갖추어 가기를 바란다.

길 가운데 시멘트 한 덩어리

도비산을 오르는 길에 시멘트 한 덩어리가 딱딱하게 굳어 자리를 잡은 것이 벌써 일 년도 더 지난 일이 되었다. 공사 때문에 오던 레미콘이 비탈이 심한 굽은 길을 올라오다가 흘린 몇 덩어리의 시멘트 덩이가 있었는데, 작은 것들은 금방 부서져서 없어졌지만 큰 덩어리 하나가 아주 자리를 잡고 눌러앉은 것이다. 이것은 어떤 때는 소나무의 오래된 옹이 같기도 하고, 길 가운데에 삐죽이 머리를 내밀고 있는 뿌리 깊은 바위덩이처럼 느껴지기도 한다.

특별한 일이 없으면 산 아래에 내려가지 않는 까닭에 내가 처음 이것을 발견했을 때는 이미 며칠이 지나있었다. 그 때는 돌을 깰 수 있는 연장이 없이는 제거하기 힘든 상황이었다. 그래서 공사를 담당하던 사람들과 절에 일을 맡아보던 처사님께 다소 불만을 토로했었다. 그런 것이 길에 떨어졌으면 얼른 조치를 취해야지 저렇게 굳도록 두면 되겠느냐고. 그리고는 내가 직접 치워야지 하는 생각에 사람들한테 시키지도 않고, 또 직접 깨내지도 못하고 그렇게 세월이 흐른 것이다.

사실 처음에는 길을 지날 때마다 그것이 그렇게 눈에 걸릴 수 없었다. 마음이 불편했다. 그런데 날이 지나며 그 곳을 지나칠 때마다 어떤 재미가 생겨나는 것이었다. 마음속으로 '저것을 밟고 지나갈까 피해서 지나갈까' 하는 생각을 하기도 하고, '혹시 나 없는 사이에 어떤 사람들이 깨어서 치워버렸으면 어떻게 하지' 하는 은근한 걱정이 들기도 하는 것이었다. 미운 정도 정이라더니 볼품없는 시멘트 한 덩어리에 속정이 들어버린 모양이었다. 그렇게 지나고 또 지나다 보니 일 년이 훌쩍 지나버렸다.

불자들이 자주 접하는 말씀 중에 「보왕삼매론」이 있다. 장애를 극복하는 열 가지 지침을 정리한 것인데, 그 중 몇 가지를 소개해 보면 다음과 같다.

첫째, 몸에 병 없기를 바라지 말라. 몸에 병이 없으면 탐욕이 생기기 쉽나니, 그래서 성인이 말씀하시되 '병고로써 양약을 삼으라' 하셨느니라.

둘째, 세상살이에 곤란함이 없기를 바라지 말라. 세상살이에 곤란함이 없으면 업신여기는 마음과 사치한 마음이 생기나니, 그래서 성인이 말씀하시되 '근심과 곤란으로써 세상을 살아가라' 하셨느니라.

셋째, 공부하는 데 마음에 장애 없기를 바라지 말라. 마음에 장애가 없으면 배우는 것이 넘치게 되나니, 그래서 성인이 말씀하시되 '장애 속에서 해탈을 얻으라' 하셨느니라.

세상을 살다보면 좋은 일도 있고 나쁜 일도 있기 마련이다. 그러나 대다수의 사람들은 나쁜 일은 극구 피하려고 하고 좋은 일만 있기를 바란다. 그래서 작은 장애와 문제라도 만나게 되면 힘들어하고 짜증을 내곤 한다. 「보왕삼매론」은 나쁜 일을 이익이 되는 방향으로 돌릴 수 있게 해 준다. 요즘 말로 '발상의 전환'을 할 수 있도록 자상하게 일러주고 있는 것이다.

어쩌면 나는 길 가운데 한 덩이 시멘트를 통해 장애와 곤란함 가운데서 한 발짝 더 나아갈 수 있는 「보왕삼매론」의 가르침을 되새기고 싶었는지도 모르겠다.

주변의 생명들이 사라져가는 것에 둔감해서는 안 된다. 모든 생명은 한 뿌리에 다름 아니다.
작은 생명들이 사라져 가면 그것이 바로 우리 생명의 위기임을 직관해야 한다.

꿈을 지닌다는 것, 그것은 희망이요, 가능성이며 즐거움이다.
하지만 이면에 자신을 돌아보며 좌절과 실패의 아픔을 견디고 극복하는 노력이 끊임없이 받쳐 주어야 한다.

·

나의 꿈 나의 삶

하루에도 몇 번씩 자꾸만 지난 한 해를 돌아보게 하는 때다. 일주일에 며칠은 도시에서 생활을 하지만 신문이나 방송을 자주 접하지 않는다. 산사의 생활이 익어서 그럴까. 날씨가 수상쩍으면 사람들에게 묻거나 하늘을 보고 짐작할 뿐 거의 일기예보도 모르고 지낸다. 가끔 새로 들은 뉴스를 주변사람들에게 말하면 이미 다들 알고 있는 이야기들이다. 그래서 세상에 살면서도 반 발자국쯤 세상에서 떨어져 사는 느낌이 들곤 한다.

사실 세상 돌아가는 모양에 그리 관심이 없다. 시간이 지날수록 점점 관심이 멀어지는 것 같다. 산사에 사는 사람이 세상살이에 관심을 가진다는 일은 덧없는 번뇌를 더하는 일에 다름 아니다. 그저 무심

·

으로 자연의 흐름에 몸을 맡기고 마음에 시름이 고이지 않게 지내고 싶다. 그런데도 이 계절이 되면 스치는 바람결조차 세상사 한 해를 돌아보라고 하는 것 같다. 삭발하여 회색 옷을 입고 산사에 살아도 세상의 음식을 나누어 먹고 살지 않느냐고. 그래서 한 해 밥값 제대로 하고 살았느냐고 다그치는 것 같다.

세속적인 성공에 대한 욕심은 별로 없다. 재물도 명예도 어떤 권력도 욕심내지 않는다. 그러나 아직도 지니고 있는 꿈은 있다. 청소년기에 느꼈던 정신적 갈망과 그 채움. 대학시절의 열정과 변화에 대한 가능성, 그리고 도전, 좌절과 성취. 이러한 것들을 나누고 싶은 꿈이다. 출가자로서 수행과 깨달음에 대한 열망 못지않게 청소년과 청년들과 함께 인생과 세계에 대한 생각을 나누고, 공감하고, 함께하고 싶은 꿈은 빛이 바래지 않는다. 이렇게 퇴색되지 않고 생생하게 마음속에 존재하는 꿈이 자꾸 시간을 되돌아보게 한다. 이런 돌아봄은 수시로 울리는 휴대폰 벨소리처럼 '네 할 일을 다 했는가?' 라는 의문과 반성의 소리로 울려 온다.

『밀린다왕문경』에 이런 대화가 있다.

"스님, 지혜는 어디 있습니까?"

"아무 데도 없습니다."

"그렇다면 지혜는 실재하지 않습니까?"

"임금님, 바람은 어디 있습니까?"

"아무 곳에도 없습니다."

"그렇다면 바람은 실재하지 않습니까?"

"잘 알았습니다."

문제가 있을 때 지혜가 피어난다. 그리고 움직임이 있어야 바람이 생겨난다. 마찬가지로 꿈이 있음으로 해서 미래에 대한 기대와 희망이 있고, 과거의 문제를 돌아볼 수 있는 것이다. 과연 지난 한 해 성실한 노력을 해 왔는가? 시간이 지남에 따라 틀에 박힌 생활에 매몰되거나 게으름에 떨어지지 않았는가? 해가 지나도 이렇게 자기를 돌아보는 마음이 쉬지 않는 것은 분명 마음속 꿈이 싱싱하게 살아 활동하고 있다는 증명일 것이다.

사람들은 세월이 갈수록 가능성은 점점 줄어들고 희망은 더욱 작아진다. 마침내 어떤 작은 기대와 바람도 사라져 버리면 그것은 곧 죽음이다. 꿈이 사라져 버린 삶은 죽음과 다르지 않다.

마음에 꿈을 지니고 있는 것이 무척 힘들 때가 있다. 하지만 이것이 바로 살아있다는 증명이고, 에너지의 원천이다. 꿈이 사라져버린 텅 빈 삭막한 마음으로 살아가기보다는 힘들고 고통스러운 시간이 차라리 낫다.

	꿈을 지닌다는 것, 그것은 희망이요, 가능성이며 즐거움이다. 하지만 이면에 자신을 돌아보며 좌절과 실패의 아픔을 견디고 극복하는 노력이 끊임없이 받쳐 주어야 한다.

눈물과 한숨으로 검은 기름을 닦다

태안 앞바다에 검은 기름이 쏟아져 나온 지 이제 2주가 지나간다. 그런데, '만리포의 기적'이라고 벌써 방송에 나오기 시작한다. 바다에 떠있는 더 이상의 원유도 없다고 한다. 이런 낙관적인 방송은 너무 빠르다. 처음 원유가 유출되었을 때 최소한 몇 개월이 지나야 기본적인 제거작업이 이루어질 수 있다고 했다. 실제로 아직 자원봉사의 손길이 닿지 않은 많은 지역들이 있고, 기름의 완전한 제거는 아직 멀기만한 것이 현장의 상황이다. 그런데 우리 방송은 너무 빨리 성공의 메시지를 전하고 있다.

만리포와 신두리 등을 비롯한 몇몇 집중적인 자원봉사의 '혜택'을 받은 곳은 겉보기에 많이 회복되어 보인다. 이런 곳은 매일 수 천

명의 사람들과 대규모 장비들이 집중되어 기름제거 작업이 이루어지고 있기 때문이다. 이런 곳의 기름제거 작업은 한가해 보이기도 한다. 흡착포와 플래카드, 옷가지 등 갖은 헝겊들을 모래 위에 깔고 파도에 밀려오는 기름찌꺼기들을 찍어내는 모습을 보면 그렇게 생각할 수도 있다.

그러나 실제로 현장에서 기름제거작업을 직접 해 보면 생각이 달라질 것이다. 모래 속에서 끝없이 배어나오는 기름들은 도무지 줄어들지 않는다. 바위덩이들에 얼룩진 검은 기름은 닦고 또 닦아도 생각처럼 깨끗해지지 않는다. 한 두 시간 작업을 해 보면 질리고 지쳐버린다. 상황이 아주 좋은 곳의 형편이 이렇다. 그런데 아직 손길이 부족한 곳의 형편은 말로 다할 수 없다. 시간이 지나면서 굳어지고 엉겨 붙은 기름들은 더 제거하기가 힘들다. 지금은 그저 끝없는 인내와 희망의 힘으로 작업을 해 나가야 할 때다. 일부 상황이 좋아진 현장을 두고 벌써 안심하고 긴장을 늦출 때가 아니다.

지금 가장 큰 문제는 객관적인 시각과 대책의 부재이다. 우선 형편이 나아진 곳과 열악한 현장의 종합적인 상황을 정리하고, 그에 따른 적절한 자원봉사자의 배치와 기름제거에 대한 현장지침을 전파해야 한다. 사고 뒤 2주가 지난 현재까지 적지 않은 자원봉사자들을 적절하게 배치하지 않아 귀한 시간과 노력을 보람 있게 쓰지 못하는 것 같다. 뿐만 아니라 현장에 대한 최소한의 이해와 제거방법에 대한 기본지침도 없이 무작위로 투입되고 있다. 처음에야 경황도 없고 현장의 어디를 가도 각자 제 역할을 할 수 있었다. 그러나 지금은 어느 정도 시간이 지났다. 이제는 치밀한 체계와 내용을 갖춘 방제작업이 이루어져야 할 때다. 일부 성공적인 현장을 소개하며 안심을 할 때는 아직 아닌 것이다.

처음 뉴스가 나왔을 때, 서산에 살고 있다는 이유 하나만으로 위로의 전화를 받곤 했다. "스님, 그 쪽 사정이 많이 나쁘지요? 힘내세요."

"저희가 도울 일이 있으면 말씀하세요. 최선을 다하겠습니다."

그리고 며칠 뒤 시간을 내어서 현장을 찾아와 자원봉사자들을 위한 음식제공과 기름제거에 동참하는 사람들이 있었다. 물론 아직 그 관심과 지원이 계속 이어지고 있다. 그러나 조금 낙관적인 뉴스를 접하면서 마음의 긴장을 풀어가고 있는 것이 걱정스럽다.

희망은 에너지원이다. 희망이 있기에 주민들도 자원봉사자들도 검은 기름과 맞설 수 있는 것이다. 하지만 희망적인 뉴스의 뒤에는 아직도 눈물과 한숨으로 기름을 닦아내고 있는 현장의 고통이 계속되고 있음을 잊어서는 안 된다. 완전방제가 끝날 때까지 이들의 아픔을 함께하고, 자원봉사의 손길은 계속되어야 한다.

그녀의 선택, 전업주부

30대 이상에 접어든 사람이라면 어린 시절 어느 날 학교에 다녀왔을 때, 어머니의 모습이 보이지 않아 무척 불안하고 당황스러웠던 기억이 한 번쯤 있을 것이다. 이리저리 어머니를 찾아다니다가 문득 어머니의 모습을 보았을 때의 그 기쁨과 안도감. 그 만족스러운 느낌은 무엇으로도 대신할 수 없는 것이었다. 불과 얼마 전까지 대부분의 우리의 어머니들은 그렇게 항상 가정을 지키고 계셨다. 어머니가 없는 집은 실로 빈집과 다름이 아니었던 것이다.

며칠 전 신문에서 아이를 맡겨 키웠더니 옆집 아줌마 대하듯 한다는 기사를 보았다. 젖먹이 때부터 시댁이나 친정에 아이를 맡겨 키우니 아이들이 부모를 '회피' 하거나 '외면' 하는 사례가 늘고 있다는 것이다. 특히 아이들이 유치원이나 학교에 갈 나이가 돼서야 부모들이 문제가 심각함을 인식하게 된다고 한다. 이때 비로소 아동상담센터를 찾고 대책을 마련하려 하지만 쉽지 않은 일이다. 자녀들이 성장하면서 더 많은 비용이 들어가는데 직장을 그만두기도 어렵고, 문제를 해결할 좋은 방안도 없는 난감한 상황이 되는 것이다. 또 친정이나 시댁에 아이를 맡길 수도 없는 맞벌이 부부는 문제가 더욱 심각하다. 도우미의 인건비와 사람의 잦은 변동으로 경제문제뿐만 아니라 아이들의 정서에도 불안요소가 늘 존재하는 것이다.

10여 년 전 미국에서 잠시 생활할 기회가 있었다. 어느 날 눈에 띄는 신문기사가 있었는데 맞벌이 부부의 생활과 육아에 관한 것이었다. 바로 지금 우리의 맞벌이 가족이 겪는 문제와 다름이 없는 내용이었다. 그 때만 해도 설마 우리에게 이런 상황이 오리라고 생각하지 못했다. 우리나라도 선진국의 대열에 접어든 것이 맞는 모양이다. 그리 오래지 않은 시간 전에 선진국들이 겪었던 문제들이 우리의 코앞에서 벌어지고 있으니 말이다.

하지만 우리나라는 정말 너무 급격하게 심각한 문제로 밀려오고 있어서 대책마련이 더 어렵다. 정부도 그렇고, 사회도 가정도 다 준비와 대책이 없는 실정이다. 소 잃고 외양간 고친다는 옛 말이 더 뼈아프게 다가온다.

·

한 가정주부의 체험담을 읽었다. 직장을 다니다가 둘째 아이를 출산하면서 다시 출근하는 문제를 깊이 고민하고 남편과 상의했다고 한다. 결국 선택은 가정이었다. 줄어든 수입을 알뜰한 살림살이로 메우고, 자녀에 대한 육아와 교육의 상당부분을 엄마가 맡으면서 가정의 행복과 여유를 찾을 수 있었다고 한다. 물론 이것은 하나의 사례에 불과하다. 나는 이 글을 통해 여성들에게 전업주부로 회귀하라고 주장하고 싶은 생각은 조금도 없다. 그리고 이런 가정의 문제를 여성의 문제로만 생각해서도 안 된다.

그러나 그럼에도 불구하고 대부분의 가정들이 맞벌이 가족이 되어가는 우리의 현실은 대책이 필요하다고 적신호를 보내고 있다. 자녀를 낳고 잘 기를 수 있는 환경과 경제적·정서적으로 가정의 행복과 안락을 위한 사회적 관심과 국가적 해결책이 시급한 형편이다.

그릇에 내가 원하는 것을 채우려면 먼저 들어있는 것을 비워야 한다.

더 값지고 귀한 것을 보고도 미련과 집착을 못 버려서 얻지 못한 보물을 찾아 떠난 사람이 지금의 '나 자신'이 아니어야 할 것이다.

미얀마 사람의
가난과 행복에 대한 생각

벌써 시간이 한참 지난 일인데, 한 달 정도 미얀마를 여행할 기회가 있었다. 미얀마는 태국과 방글라데시 중간에 있는 열대국가로, 우리에게는 이전의 버마라고 하는 이름이 아직도 익숙한 나라이다. 이 나라는 사회주의 이념을 채택한 나라이지만, 태국, 스리랑카와 함께 대표적인 소승(장로)불교국가로 특히 위빠사나(명상) 수행전통이 잘 전해지고 있다.

처음 미얀마 방문의 목적은 명상수행체험이었지만 우선 먼저 여행을 하기로 했다. 이 나라와 사람들에 대해 조금이라도 이해하고 알고 싶었다. 그래서 처음 머물게 된 곳이 미얀마의 수도 양곤에 있는 대표적 성지인 쉐다곤 파고다 주변의 작은 사원이었다. 며칠을 이곳에서 머물며 미얀마의 사찰과 사람들의 생활을 느끼고 받아들였다. 더위에 지치면 시원한 사탕수수음료를 즐기게 되었고, 해질녘에는 그 곳 사람들처럼 활기를 찾았다. 며칠 지나자 친구도 사귀었다. 미얀마 사람들은 호기심이 많고 적극적인 성격 등 한국 사람들과 닮은 면이 많아 쉽게 마음이 통하였다. 그래서 며칠씩 함께 여행을 하기도 했다.

여행 중에 가장 눈에 띄는 것은 어떤 성지와 유적보다 그 곳 사람들이었다. 사람들은 늘 활기와 호기심이 넘쳤고, 여학생들이 머리를 삭발하고 다니면서도 부끄러워하거나 거리낌이 전혀 없었다. 얼굴에는 땀띠를 예방한다는 노란 가루를 동그랗게 칠해서 마치 인디언 마을에 온 것 같은 생각이 들기도 했다.

시골사람들은 농사철이 끝나면 금방 부서질 듯 낡은 버스를 빌려서 친척들과 마을사람들이 모두 함께 여행을 다닌다. 그렇게 매년 보통 일주일에서 보름 정도 성지순례를 다닌다고 했다. 쌀가마니와 큰 솥을 싣고 다니면서 사찰에 마련된 객사에 짐을 풀어 한 살림 차리면 집과 별로 다름이 없어보였다. 다만 집에서와 달리 식사와 가사 당번을 정해서 교대로 순례와 여행을 즐기고, 저녁시간에는 함께 어우러지는 화합의 시간을 가졌다. 어찌 보면 아예 마을을 통째로 다른 지역으로 옮겨놓은 것 같았다. 이제 대가족 사회가 붕괴되어버린 현대를 사는 우리나라에서는 도저히 상상할 수도 없는 정겹고 아름다운 풍경이었다.

하지만 이들과 대화를 나누면서 문득 서글픈 마음이 들었다. 그들은 스스로를 가난하다고 말하고 있었다. 자기들에게는 전화도 아직 귀한 물건이고, 컬러TV도 냉장고도 없다고 푸념했다. 끝없이 밀려드는 외국상품들과 선진국의 유명회사의 광고판들은 그들을 그렇게 가난뱅이로 세뇌시키고 있었던 것이다. 그렇게 마음속에 파고든 물질에 대한 동경과 욕망은 현실에 대한 불만으로 자리 잡아 버렸다. 그래서 그들의 행복은 그늘에 묻혀가고 있었다.

열대기후라는 천혜의 자연환경에서 집과 먹거리, 입을거리에 걱정이 없는 지역사람들을 한때 게으름뱅이라고 흉보곤 했었다. 그런데 이제는 가난뱅이라는 굴레를 씌워 그들의 행복을 깨고 어둠으로 몰아가는 것만 같다. 정말 우리는 물질이 풍족해지는 만큼 행복해 지는가?

보물을 찾아 떠난 사람들

어린 시절 읽은 동화 중에 보물을 찾아 떠난 사람들에 대한 이야기가 있었다. 오래된 기억이라 정확한 작가와 제목은 기억이 나지 않지만, 대략의 줄거리는 두 친구가 무서운 괴물들이 지키고 있는 동굴 속의 보물을 얻기 위해 여러 가지 필요한 물건을 챙기고 단단히 준비하여 길을 떠나서 많은 모험 끝에 결국 보물을 구해오는 이야기였다. 물론 결말은 한 친구는 큰 부자가 되지만 다른 한 사람은 별로 부자가 되지 못하는 것이었다.

두 사람은 모험을 떠나 세 개의 보물창고를 차례로 방문한다. 그 첫 번째 창고에는 동전이 가득하였고, 두 번째는 은전이, 그리고 마지막 창고에는 금전과 각종 보석들이 가득하였다. 첫 번째 보물창고에 도착한 두 사람은 힘이 닿는 만큼 동전을 가졌다. 그리고 다시 힘든 모험을 통해 두 번째 창고에 이르게 된다. 여기서 한 사람은 동전을 모두 버리고 은전을 챙겼고, 다른 사람은 힘들게 가져온 동전에 집착하여 조금만 버리고 은전을 가졌으나 그 양이 많지 않았다. 또 다시 목숨을 건 모험 끝에 세 번째 창고에 도착한 두 사람은 똑같이 전과 같은 선택을 한다. 한 사람은 은전을 모두 버리고 금전과 보석을 챙겼지만 다른 사람은 목숨을 걸고 가져온 동전과 은전에 집착해서 차마 버리지 못하고 겨우 약간의 금전만을 가질 수 있었다. 함께 모험을 마치고 집으로 돌아온 두 사람은 똑같은 부자가 될 수 없었던 것이다.

벌써 30여 년의 시간이 흘렀는데, 기억 속에 묻혀있던 이 이야기를 근래에 자주 생각하곤 한다. 같은 생각과 목적을 가지고 함께 길을 떠나 무사히 모험을 마치고 왔는데, 왜 한 사람은 부자가 되고 다른 사람은 부자가 되지 못했는가. 이 이야기는 집착에 대해, 특히 지혜롭지 못한 집착에 대해 분명한 교훈을 주고 있다. 보물을 구해 부자가 되기 위해 길을 떠나지만 중간에 얻은 값싼 재물에 집착해서 귀한 보물을 외면하는 어리석음에 대해 아프게 꼬집고 있는 것이다.

사람들은 행복하기 위해서 다양한 노력을 기울인다. 돈을 벌고, 명예를 구하며, 권력을 추구한다. 그림을 그리고, 무용과 음악을 창작하는 예술과 문화에 전념하기도 한다. 하지만 이런 다양한 노력을 기울이는 사람들이 행복이라는 목표에 도달하지 못하고 중간에 멈추어 버리는 경우가 적지 않다. 그 대부분의 이유가 보물을 구하러 떠난 사람이 작은 소득에 집착해서 큰 이익을 얻지 못하는 것과 마찬가지다. 비슷한 예로 불경에서는 뗏목의 비유를 설하고 있다. 강을 건너는데 뗏목은 꼭 필요한 것이지만 강을 건넌 다음에는 뗏목을 버려야 한다. 뗏목에 너무 집착하면 나루터를 떠나지 못할 것이며, 뗏목을 가지고 목적지에 도달하기는 힘들고 어렵기만 한 것이다.

그릇에 내가 원하는 것을 채우려면 먼저 들어있는 것을 비워야 한다. 더 값지고 귀한 것을 보고도 미련과 집착을 못 버려서 얻지 못한 보물을 찾아 떠난 사람이 지금의 '나 자신'이 아니어야 할 것이다.

부자유^(不自由) 다스리기

　　사람들은 누구나 자유(自由)로운 삶을 살기를 원한다. 사람뿐 아니라 생명 있는 모든 존재는 자유를 원한다. 모든 생명은 자유를 그 바탕으로 하기 때문이다. 구속과 속박은 부자유(不自由)다. 부자유는 불편과 고통을 의미한다. 누구나 자기가 원하는 일을 할 수 있고, 가고 싶은 곳을 마음대로 가고 오는 자유를 누리고 싶어 한다. 다른 사람의 영역을 침범할지도 모르는 분별없고 넘치는 자유가 아니라, 다른 사람에게 방해되지 않을 뿐 아니라 눈에 띄지도 않는 최소한의 자유를 갈구하는 사람들과 생명들이 있다.

　　한 달에 한번은 구치소에 간다. 몇 년간 꾸준히 해오던 일이었는데, 한동안 바쁨을 핑계로 쉬었었다. 지난해 서울 일을 접고 절에 내려온 뒤 다시 시작하게 되었다. 처음에는 혼자서 가곤 했는데 시간이 지나면서 꼭 동행을 챙기게 되었다. 때로 정말 함께 갈 사람이 없을 때는 사무실 식구들과 동행하기도 한다. 늘 빵과 요구르트를 챙기고 때로 과자나 과일 등 특식을 챙기기도 한다.

대체로 갇힌 공간에 있으면 평소에 먹지 않았던 간식을 즐기게 된다. 처음 출가한 행자들은 출가 전 전혀 먹지 않았던 초콜릿이나 과자 등의 간식거리를 엄청나게 먹는 경향이 있다. 이런 경향은 군대의 신병들도 유사하다. 군부대 위문을 흔히 '초코파이 위문'이라고 하는 것도 같은 맥락이다. 오죽하면 화장실에서 혼자 몰래 간식을 먹기도 하겠는가.

평소에 전혀 간식에 손을 대지 않던 사람들도 구치소에 갇힌 몸이 되면 자신도 모르게 간식을 즐기게 된다고 한다. 특히 단 음식을 많이 먹는다고 하는데 부자유의 스트레스와 달콤한 음식과는 어떤 상관관계가 있는 모양이다.

처음 구치소에 동행하는 사람들은 알지 못할 불안과 두려움을 가진다. 범죄를 저지른 사람들이라는 생각에서 비롯되는 본능적인 불안과 거부감일 것이다. 그러나 한 번 방문한 대부분의 사람들은 생각이 많이 바뀐다. 추상적으로 느꼈던 거부감이 많이 사라지고 함께 세상을 살아가는 자신과 '같은 사람'이라는 생각을 갖게 된다. 실로 "죄는 미워하되 사람은 미워하지 말라."는 말의 의미에 대해서 새롭게 느끼는 시간이 되는 것이다.

아이들은 회초리를 두려워한다. 그래서 때로는 회초리에 반감을 갖고 어른들 몰래 부러뜨리거나 숨기기도 하고 버려버리기도 한다. 하지만 회초리 그 자체가 나쁘고 악의를 가지고 있지 않다는 것도 안다. 마찬가지로 죄를 지은 사람은 회초리와 같을 수 있다. 그 사람의 몸은 한때의 잘못된 생각과 우리 사회의 복잡한 문제가 공동으로 악용한 도구일 수 있는 것이다. 잘못된 생각을 구속해야지 몸을 구속하는 것이 최선은 아니라고 생각한다.

옛 선사께서는 "수레가 가지 않을 때는 소를 때려야 하나, 수레를 때려야 하나?"라고 하셨다. 혹 부자유를 느낄 때 이 육신의 구속과 부자유를 괴로워하기보다 제어되지 못한 마음의 탐욕과 방종을 스스로 반성해야 할 것이다.

새는 항아리와 지하수 개발

몇 년 전 식구 한 사람이 좋은 매실을 구했다며 매실주를 담았었다. 그리고 석 달쯤 지난 뒤 잘 익었을 매실주를 생각하며 땅에 묻었던 항아리를 파서 개봉을 했다. 그러나 항아리를 파면서부터 불길한 예감이 들기 시작했다. 항아리가 너무 가벼웠던 것이다. 실제로 열어보니 항아리 속에는 말라비틀어진 매실만 남았을 뿐 기대했던 매실주는 사라지고 없었다.

너무 황당한 상황인지라 빈 항아리를 들여다 보며 원인을 규명하기 시작했다. 며칠을 이리저리 생각하고 궁리한 끝에 항아리가 새는 것으로 결론을 내렸다. 거의 눈에 띄지 않고 알아차리기 힘들 만큼 미세한 균열이나 구멍이 있었던 것이다. 그 사이로 몇 달을 두고 아주 조금씩 모두 새어나가 버린 것이었다. 몇 달을 기다린 공이 허사로 돌아간 실망감에 다들 허탈해 했다. 그래서 사라져버린 매실주에 대한 미련을 달래려 비쩍 말라서 남은 매실들을 절여서 먹기로 했다. 시고, 달고, 떫고 술 냄새도 나는 것 같은 것이 별로 먹을 만하지는 않았지만 참고 먹을 수밖에 없었다.

절에 놀러온 아이들이 자주 물장난을 치곤 한다. 시원한 약수를 마시고, 손도 씻고 발에도 뿌리며 시원한 물장난을 즐기곤 한다. 하지만 장난이 길어지면 아이들을 말릴 수밖에 없다. 샘물을 모아서 생활하는 산사의 물 사정은 아이들의 물장난을 길게 봐줄 여유가 없다.

우리 절 식구들도 예외는 아니다. 잠시라도 물을 틀어놓은 모습이 발견되면 바로 지적을 하곤 한다. 언제나 쓸 만큼만 받아서 사용하도록 한다. 그래서 손님이 많이 오는 날이나 큰 행사가 있는 날에는 며칠 전부터 물 관리를 잘 해야 한다. 한 번은 행사가 있기 전날 이불세탁을 하는 바람에 저장된 물을 거의 다 소모해 버린 적이 있었다. 한 사람이 별 생각 없이 한 행동 때문에 갑자기 비상사태가 발생해 버린 것이다. 그래서 급히 마을 소방대에 부탁을 해서 겨우 문제를 해결할 수 있었다.

사람들은 가끔 왜 지하수를 개발하지 않느냐고 묻는다. 지하수를 개발하면 물 걱정 없이 넉넉하게 쓸 수 있을 텐데 보기에 갑갑한 모양이다. 그런데 지하수 개발이 능사가 아니다. 나는 지난 20여 년간 많은 사찰과 마을에서 지하수를 개발해서 사용하는 것을 보았다. 그러나 적지 않은 지하수들이 몇 년 지나지 않아 고갈의 위기에 빠지는 것을 보았다. 사람들은 물이 줄어들면 더 깊이 새로운 구멍을 뚫어 물을 쓴다. 다들 지하수는 무궁하다는 엄청난 착각과 오해를 하는 것 같다. 지하수는 물이 스며들어 땅 속에 저장된 것이다. 지하수는 스며드는 만큼만 사용할 수 있는 것이다. 더 많은 양을 사용했을 때 그 때부터 지하수는 고갈과 오염의 길에 접어드는 것이다.

우리나라는 몇 년 지나지 않아 물 부족국가가 된다고 난리들이다. 그런데 왜? 어떻게 물이 부족하게 되고, 대책은 무엇인지는 말하지 않는다. 참 갑갑한 사람들의 답답한 노릇이다.

이제는 우리의 물 사정도 새는 항아리의 점점 줄어드는 물과 다를 바 없는 듯하다.

새로운 수원개발을 위해 댐을 쌓고 땅을 뚫는 일은 이제 그만해야 한다. 새는 구멍을 찾아 메우는 일이 보다 지혜로운 선택이 될 것이다.

•

눈빛만 보아도 알아…

어느 날 친구가 찾아왔다. 마음이 답답하고 울적하니 상담 좀 했으면 좋겠다고, 그래서 찾아왔노라고 했다. 스님께 좋은 말씀을 들으면 나아질 것 같으니 도와달란다.

차를 우려내면서 물었다. 무슨 특별한 일이 생겼느냐고. 사정을 알아야 조언을 하든 돕든 할 수 있지 않느냐고. 그렇게 시작된 대화는 거의 두 시간 가까이 그 친구의 일방적인 이야기로 이어졌다. 나는 그저 그와 눈을 마주치며 이야기 중간 중간 아! 네, 음~ 그렇군요. 등의 간단한 대답만을 거듭할 수 있었을 뿐, 내내 그의 이야기에 끼어들거나 내 이야기를 할 수 있는 기회를 잡지 못하였다. 어쩌면 분위기가 굳이 내가 말할 필요를 느끼지 못했는지도 모르겠다.

•

그렇게 혼자만의 일방적인 이야기를 늘어놓던 그 친구는 문득 시계를 보더니 그만 가봐야겠다고 일어섰다. 문밖으로 배웅을 나선 나에게 그는 "오늘 말씀 정말 잘 들었습니다."라고 반복해서 인사하며 내 손을 꼭 쥐는 것이었다. 그의 태도와 눈빛에는 절절한 진심이 담겨 있었다.

방으로 돌아온 나는 무슨 귀신에 홀린 것 같았다. 이야기는 혼자서 다하고, 말씀 잘 들었다니. 무슨 이런 황당한 경우가 다 있다는 말인가. 그 풀리지 않는 의구심을 한동안 가슴에 품고 지내다가 마침 그 친구와 전화통화를 할 일이 있었다. 대화 끝에 지난번에 찾아왔었던 이야기를 넌지시 꺼내며 물었다. 그 때 혼자서만 이야기하고 왜 말씀 잘 들었다고 인사했느냐고.

그랬더니 그 친구가 하하~ 웃으며 말했다. 생각해보니 진짜로 자기 혼자만 이야기한 것 같단다. 그렇지만 자기는 지금도 그 때 스님한테서 참 많은 이야기를 들었다고 한다. 그는 나의 눈빛과 태도 속에서 이미 내 뜻을 알 수 있었단다. 그래서 소리로 전하는 말이 아닌 눈빛과 마음의 말을 통해 충분히 도움을 얻었다는 것이었다.

언제부터인가 우리 사회에는 '사오정 시리즈'라는 것이 유행하기 시작하더니, 이제는 일상적인 대화에서도 이 '사오정 류'는 빠지지 않는 감초가 되어버렸다. 남의 말을 잘 못 알아듣거나 분위기에 어울리지 않는 엉뚱한 소리를 하는 사람은 바로 '사오정'으로 지목 받게 된다. 이 사오정이 그냥 가벼운 농담이나 편한 이야기 자리에서는 웃음과 활력을 주는 존재로 환영과 사랑을 받는다.

하지만 진지한 대화와 중요한 시간을 함께해야 하는 관계에서라면 큰 문제다. 이런 사람은 상황에 관계없이 자기가 하고 싶은 말만 하고, 자기가 듣고 싶은 말만 골라 듣는다. 그래서 자기 자신은 별 불편이 없을지 몰라도 곁에 있는 사람들은 속이 갑갑하고 꽉 막혀버리게 된다.

아무리 말을 해도 겉돌기만 하는 사람과 대화한다는 것은 말할 수 없는 고통이다. 그저 상대를 바라보는 진실한 눈빛과 고개의 끄덕임으로도 충분히 통하는 대화가 될 수 있는데, 지금 우리 주변에는 큰 소리와 애원으로도 통하지 않는 대화의 자리가 너무 많은 것 같다.

"눈빛만 보아도 알아~"라는 노랫말이 있다. 마음이 열리면 알지 못하고 통하지 않을 일이 없다. 지금까지 묵고 막힌 대화가 있다면 다 통해버렸으면 한다.

스님들도 투표하세요?

"스님들도 투표하세요?" 선거 때가 되면 자주 받는 질문이다. "네, 스님들도 투표합니다. 아마 제일 먼저 할 걸요." 일반인들은 물론 적지 않은 불자들도 스님들은 투표를 하지 않는 줄 알고 있다. 하지만 스님들도 이 나라 국민의 기본적인 의무와 권리행사는 빠짐없이 하는 한 사람의 국민이다. 나이에 따라 군대에도 가고, 민방위훈련도 받고, 선거에는 당연히 투표도 한다.

사실 출가수행자가 세속의 선거에 참여하는 것은 별로 어울리지 않는 것처럼 보인다. 그래서 출가한 지 오래지 않은 젊은 스님들은 선거에 참여하는 것이 다시 속세의 생활에 돌아가는 느낌이 들어 그리 달가워하지 않는다. 그런데, 산중에서 살아보면 일반적으로 가졌던 생각과 스님들의 실제생활에는 격차가 있음을 발견하곤 하는데, 투표참가도 그 중 하나다. 평소 스님들은 선거와 후보자들에 대해 거의 이야기하지 않는다. 수행자가 정치에 대해 이야기하는 것은 적절한 일이 아니라고들 생각하기 때문이다. 그러나 투표 참석률은 의외로 상당히 높다. 특히 대중이 3개월간 외출을 삼가고 수행정진에 매진하는 여름, 겨울안거 때 선거가 있으면 거의 모든 대중이 빠짐없이 투표에 참가한다.

산중에서도 사회적으로나 국가에 큰 일이 있으면 전체 대중스님들이 모여서 의논한다. 이것을 '대중공사'라고 하는데, 대중공사에서 결정된 사항은 전체 대중이 따르고 함께해야 하는 강력한 원칙이 된다. 선거가 있으면 대중공사를 해서 참가여부와 그에 따른 수행시간의 변경과 조정에 대한 논의를 한다. 그런데 선거에 대한 대중공사는 특별한 사유가 없는 한 거의 참가하는 것으로 결정한다. 참가한다고 결정하면 보통 6시 아침공양을 마치고 바로 다함께 이동해서 투표를 하는 것이 일반적인 관례다. 별로 참가하고 싶지 않더라도 대중이 결의하고 함께 이동하는데 빠질 수가 없다.

산중의 투표 분위기를 이끄는 분들은 의외로 노스님들이다. 혹 대중 가운데 투표를 하지 말자고 주장하는 사람이 있으면, 노스님들이 가닥을 치신다. "개인이 정 싫으면 자신은 빠져도 되지만 대중 전체가 국민의 의무와 권리를 포기해서는 안 된다."고 분명하게 선을 그어주시는 것이다. 투표소에 가보면 노스님들이 제일 먼저 투표를 하시는 경우가 대부분이다. 행동으로 솔선수범하시는 것이다.

투표를 마치고 노스님들께 넌지시 투표한 후보들에 대해 물어보면 의외로 상세하고 많은 정보를 갖고 계신 것에 놀라게 된다. 관에서 보내온 자료도 꼼꼼하게 읽어보시고 짬을 이용해서 라디오방송도 들으신다는 것이었다.

"누구에게 투표하셨어요?"라고 물어보면 "그건 말할 수 없어, 그런 걸 이야기하는 건 별로 좋지 않아."라며 딱 잘라 말씀하신다. 혹여 투표로 인한 시비와 분별심이 생겨날까 염려하시는 까닭이다. 산중에 살아도 기본적인 국민의 의무와 권리행사를 해야 이 나라 이 땅에서 살아갈 자격이 있다는 것이 노스님들의 생각이다.

투표가 있는 날이 공휴일이면 산중의 사찰에도 사람들이 많이 찾는다. 사람들에게 차를 대접하며 가끔 묻곤 한다. "투표는 하셨나요?" "왜요?" "투표 안 하고 오셨으면 맛없는 차를 드릴까 하고요." "하하하, 투표하고 왔습니다. 맛있는 차로 주세요."

"눈빛만 보아도 알아~"라는 노랫말이 있다. 마음이 열리면 알지 못하고 통하지 않을 일이 없다.

지금까지 묵고 막힌 대화가 있다면 다 통해버렸으면 한다.

시간의 가치

사람이 사는 곳에 시계가 없는 곳이 없다. 사방 어디를 둘러봐도 시계 하나쯤은 발견할 수 있는 것이 현대의 생활환경이다. 가히 시계와 시간개념이 없는 생활이란 상상도 할 수 없는 시대인 것이다. 과거에는 하늘에 떠있는 해와 달이 시계였고, 때가 되면 허기로 느낄 수 있는 배꼽시계도 하나의 시계였다. 100년도 채 되지 않은 시간 전에 우리는 해가 뜨면 하루를 시작하고 날이 저물면 하루를 마감하는 자연의 흐름과 함께하는 천연(天然)의 시간을 살아왔다.

그러던 것이 하루를 24시간으로 나누고 1시간을 60분으로, 1분을 60초로 또 1초를 100으로 나누어 시간의 개념을 잘고 잘게 나누어 쓰게 되었다. 그래서 시간이 흐르는 것을 벽시계는 '똑딱 똑딱' 거리고 손목시계는 '째깍 째깍' 소리를 내는 것으로 표현하곤 했다. 1초, 1분 그렇게 소리와 더불어 시간이 흐르는 것이 때로는 강한 긴장과 구속감을 주기도 하고, 반대로 속박과 억압의 시간이 지나는 희망적인 것으로 느껴지기도 한다.

천연의 시간을 살던 과거에는 하루 단위로 계산되던 시간의 개념이 시계의 발명과 보급으로 분, 초 단위로 바뀌어 버린 것이다. 그래서 그 전에는 하루라는 시간 동안 가질 수 있었던 일의 진행과 감정의 변화가 1초 1분의 시간 안에 압축되어가고 있는 것이다. 달리 생각하면 하루에 소모해야 할 에너지와 감정의 변화를 1분 1초의 짧은 시간 내에 다 쏟아 붓는 무리하고 급격한 상황이 되었다는 것이다.

며칠 전 한 방송에서 미국의 '프로미식축구 챔피언결정전'인 슈퍼볼의 TV광고요금에 대한 이야기를 듣게 되었다. 경기가 절정에 달한 시간의 광고요금은 30초에 25억 원 정도 한다고 하였다. 거의 1초에 1억 원에 해당되는 금액이다. 가장 극단적인 예이기는 하지만 실로 현대사회는 시간을 금전가치로 계산하는 데 익숙하다. 아르바이트도 '시간당 얼마'로 계산하고 누구나 사용하는 휴대폰 요금도 '몇 초에 얼마'씩 요금이 올라간다. 시간의 계산단위가 아주 작아지거나 아니면 1년 단위로 커져버린 것이다. 이전의 인체의 리듬과 생활을 기반으로 했던 하루나 한 달 단위의 계산법은 점점 사라져가고 있다.

사실 시간은 평등하고 같은 가치를 지닌 것인데, 각자의 이익과 입장에 따라 그 가치가 달리 매겨지는 것뿐이다. 하지만 분명한 것은 슈퍼볼의 시간이 초당 1억 원에 해당하는 가치를 갖기까지 말할 수 없이 다양하고 많은 시간의 뒷받침이 있었음을 절대로 가벼이 보아서는 안 될 것이다. 시간은 과거와 현재 그리고 미래가 연속하여 있는 것이지 단절되거나 분리해서 생각하고 이해되어서는 안 되는 것이다.

창조적인 일에 소용되는 시간도 가치가 있지만 휴식과 수면시간도 또한 소중한 것이다. 쉼이 없다면 어떻게 에너지를 축적하여 일을 할 수 있겠는가. 사람들은 늘 가치 있고 의미 있는 시간만을 바란다. 하지만 생각도 하고, 준비도 하고, 점검도 하는 그렇지 않은 시간들이 있어야 가치 있고 빛나는 시간이 존재할 수 있음을 잊지 말아야 할 것이다.

쑥버무리

추위가 다 물러가고 꽃샘추위도 없을 거라는 기상예보를 철석같이 믿었다. 실제로 봄은 피부로 느낄 수 있을 만큼 가까이 와 있었다. 그런데, 느닷없는 폭설과 강풍이 몰아쳐 왔다. 서해바다를 끼고 있어서 그런지 근래에 우리 지역은 특히 눈이 많이 오곤 했다. 하지만 봄의 문턱에서 이렇게 많은 눈이 올 줄은 몰랐다. 저물 무렵부터 내리기 시작한 눈이 어둠이 짙어지면서 강풍과 더불어 몰아치는 모습은 봄에 대항하는 겨울의 마지막 투쟁처럼 격렬하였다.

눈이 그치고 이틀이 지났다. 사방 어디를 둘러봐도 그 사나웠던 폭설의 흔적은 찾아볼 수가 없다. 숲 속 그늘진 응달에도 눈이 다 녹아

촉촉한 물기를 대지에 적시고 있을 뿐이다. 문득 주변 밭두렁에 하얀 쑥들이 고개를 내밀고 있는 것이 눈에 들어온다.

20여 년 전 행자시절 이 무렵의 일이다. 점심식사 설거지를 마치고 행자들이 무리지어 칼과 소쿠리를 들고 쑥을 뜨러 나섰다. 어른 스님들께 쑥국을 대접하기 위해서였다. 양지바른 언덕배기를 찾아 쑥을 캐고 뜯기 시작했다. 하지만 겨우 싹이 나오기 시작한 작은 쑥들은 아무리 뜯어 모아도 한 끼 국거리를 삼기엔 부족하기만 했다. 그날 저녁 생전 쑥을 뜯어본 적이 없는 사내들 대여섯이 반나절을 뜯어온 쑥으로 국을 끓였다. 국은 명색만 쑥국이었지 건더기를 구경할 수 없는 멀건 된장국이었을 뿐이다. 그 뒤로 원주스님은 행자들이 쑥 캐러가는 것을 다시 허락하지 않았다. 실속도 없을 뿐 아니라 핑계 삼아 놀다가 오려는 속셈이 뻔히 드러났기 때문이었다.

봄이 점점 깊어가며 절에서 일하는 아주머니들이 쑥을 캐오곤 했다. 아주머니들은 희한하게도 잠시만 다녀와도 한 소쿠리씩 쑥을 캐오곤 하였는데, 쑥 캐는 것도 무슨 비결이 있는 것처럼 보였다. 어쨌거나 손이 빠른 보살님들 덕분에 쑥국도 자주 끓여먹었고, 쑥버무리도 해먹었다.

우리네 시골마을에는 아무리 먹어도 탈이 나지 않는다는 음식들이 몇 가지 전해져 오고 있다. 그 중 대표적인 것이 쑥버무리와 도토리

묵이다. 실제로 이 음식들을 먹고 탈이 난 사람을 본 기억이 없다. 이 두 가지 음식은 또 가장 널리 알려진 구황식품이다. 구황식품은 함께 고생하는 모두의 음식이다. 전쟁과 천재를 피할 수 없었던 민초들이 삶을 유지하기 위해 찾아낸 이웃과 함께하는 소중한 먹거리인 것이다. 어떤 사람들은 어릴 때 지겹게 질리도록 먹어서 쑥버무리나 도토리묵을 먹지 않는다고도 한다. 그런데 근래에 이 음식들은 최고의 웰빙 음식으로 꼽히고 있다. 몸속의 나쁜 요소들을 배출시켜 줄 뿐 아니라 여러 가지 병증에도 효과가 좋다고 한다.

지난 봄 도시에서 온 신도 한분이 쑥을 캔다고 나서더니 구절초 새싹을 잔뜩 잘라왔었다. 어린 잎을 잘못 보면 착각할 수도 있다 싶었다. 가족을 위한 좋은 마음이 허사가 되어서 많이 아쉬운 듯했다. 쑥이 조금 더 자라면 사람들과 쑥 캐러 한 번 나서야겠다. 각자 한 끼 국거리나 한 덩이 쑥버무리라도 찔 만큼 뜯도록 해야겠다. 그렇게 욕심 없고 투박한 우리네 인심을 나누길 바란다.

옛날 빛

가야산 해인사에 다녀왔다. 언제나 그렇듯이 해인사는 여전히 힘찬 기운이 넘치고 있었다. 이곳은 산도 계곡도 나무들도 그렇지만 사람들에게서 특히 강한 힘이 느껴지곤 한다. 해발 700m의 고지대에 위치한 해인사는 계단모양으로 이루어진 대표적인 산중사찰이다. 하루에도 수십 번씩 셀 수조차 없이 많은 계단과 가파른 산길을 다니게 되어서 그럴까, 이 곳 스님들의 기질은 무사에 비견되기도 한다. 한 칼에 자르는 단호함과 사내의 굵직한 선, 그리고 통 큰 호방함과 때로 고집스러움이 해인사 스님들이 가지고 있는 보편적인 색깔이다.

해인사는 일반에 팔만대장경으로 널리 알려져 있지만, 불교 내적으로는 그보다 한국 근현대사에 많은 고승을 배출해낸 곳으로 더 평가된다. '산은 산, 물은 물'의 법문으로 유명한 성철 스님을 비롯해서 혜암 스님, 고암 스님과 현재의 종정이신 법전 스님까지 여러분의 종정을 배출했고, 지금의 조계종 총무원장 지관 스님도 해인사 스님이다.

해인사에 도착하니 마침 고암 노스님의 기일이었다. 1988년 해인사에서 입적한 스님은 무소유 자비보살의 화현으로 한평생을 사신 분이다. 한국불교의 최고지도자인 종정에 세 번이나 추대되었던 스님은 평생 욕심 없이 철저한 무소유로 살아온 분이었다.

흔히 불가에서는 무소유, 무집착, 무차별의 실천행을 하는 분을 자비보살이라고 부른다. 고암 스님이야말로 무소유, 무집착, 무차별, 자비보살이라는 말이 꼭 어울리는 스님이셨다. 스님은 당신의 그런 삶의 이유를 말씀하신 적이 있다.

스님이 스무 살 때, 만행 길에 올라 임진강을 건너 묘향산으로 들어가려고 나루터에 갔는데, 뱃삯이 10전이었단다. 그런데 스님 수중에는 단돈 5전밖에 없었다. 뱃사공에게 사정을 해 봤지만 소용없었다. 바로 그 때, 나룻배에 타고 있던 한 젊은 아낙이 아기 젖을 물리다 말고 돌아앉더니 허리춤에서 돈 5전을 꺼내 뱃사공에게 내밀며 저 젊은 스님 태워드리라고 했단다. 스님은 감사하기도 하고 부끄럽고 창피하기도 해서 어쩔 줄 몰라서 고개만 푹 숙이고 있다가 강을 건넜는데, 그 아낙이 어디 사는 어느 집 며느님인지 그걸 미처 물어보지도 못했단다. 그 후로 스님은 아침마다 그 아낙과 자손이 잘 되게 도와주십사 기도를 드렸지만, 그래도 그 때 진 빚 5전이 자고나면 자꾸 늘어난다는 생각이 들곤 하셨단다.

어디 사는 누구인지도 모르니 당사자에게는 갚을 길도 없고, 그 후로 스님은 금전이 생기면 누구에게나 대신 빚 갚는 심정으로 나눠 주시곤 하셨던 것이다. 그렇게 베풀고 나누어도 그 빚은 자고나면 자꾸 늘어나는 것만 같아 늘 옛날 빚 갚기에 바쁜 생각이 든다고 하셨다.

보통 사람들은 얻은 빚은 아무리 많아도 중요하게 생각하지 않고, 준 빚은 아무리 적어도 소중하게 여기는 경향이 있다. 인생을 쉽고 편하게 살아가려는 소인배의 마음씀씀이다. 하지만 작은 빚을 크게 생각하고 베푼 것을 마음에 두지 않는 사람이야말로 큰 사람이다. 현실에 큰 빚을 지고 살면서도 미안하고 부끄러운 줄 모르고 사는 사람들이 많아 보이지만, 고암 스님 같은 분이 있어 세상 사람들의 길이 되고 빛이 된다.

왕따와 묵빈대처(默賓對處)

2,500여 년 전 석가모니 부처님의 제자 중에는 몹시 성미가 급하고 괴팍하여, 욕지거리를 잘하고 말이 많은 이가 있었다. 찬다카라는 이름의 이 승려는 얼마나 못된 성질을 가졌던지 악성(惡性) 비구라고 불렸다. 그는 부처님이 출가하기 전에 데리고 있던 마부였다고 한다. 왕자와 마부 사이였던 출가 전의 부처님과 찬다카의 관계는 매우 친근하게 경전에 기록되어 있다. 함께 여행을 하며 왕자가 인간 세상의 고통을 체험하게 하고, 출가의 계기를 만들어 준다. 왕자의 출가를 돕는 결정적인 역할도 이 찬다카가 담당했다. 나중에 그는 부처님께서 성도 후에 모국을 방문하셨을 때 출가하였다.

출가하기 전의 부처님과의 개인적인 친분, 거기에 더해서 출가에 결정적인 역할까지 한 이 마부 출신의 승려는 그야말로 거칠 것이 없었을 것이다. 어디서나 누구에게나 부처님과의 개인적인 인간관계와 과거사를 들먹이며 위세를 부렸을 것이다. 그는 이렇듯 부처님에 대한 집착과 자만심이 너무나 강해서 출가의 이익을 얻을 수 없었다고 한다.

부처님의 임종을 맞아 시자 아난은 찬다카에 대한 질문을 드린다.

"부처님께서 열반하신 후에 찬다카는 어떻게 하면 좋겠습니까?"

"아난이여, 내가 가고난 후에 찬다카에게는 최고의 벌을 주어야 한다."

"아난이여, 찬다카 비구가 자기가 하고 싶은 대로 말하더라도 비구들은 결코 그에게 말을 해서는 안 된다. 훈계를 해서도 안 되고, 가르쳐서도 안 된다. 찬다카를 위해 대중들이 침묵을 지키고 그를 상대하여 말하지 않도록 하라. 그러면 그는 부끄러움을 느껴 저절로 뉘우치게 될 것이다."

부처님께서 열반에 드시고 나서, 승려들은 찬다카를 외면했다. 찬다카는 이 처벌을 받고 정신이 들어서 자만심과 제멋대로 하는 성질을 꺾었다. 그리고 홀로 거주하며 열심히 정진하였으며 마침내 깨달음을 얻었다고 한다.

잘못이 있으면 보통은 야단을 치거나 말로 잘 타일러서 고친다. 하지만 말로써 고쳐지지 않는 아주 극단적인 경우 묵빈대처를 하는 것이다. 묵빈대처는 잘못을 범하는 사람이 있으면 일절 대응하지 않아 스스로 잘못을 깨닫게 하는 것이다.

현대인들이 이해하기에 묵빈대처는 일종의 '왕따'일 수 있다. 왕따는 어떤 사람을 철저하게 따돌리는 것이다. 그래서 그 사람으로 하여금 견딜 수 없는 고통을 주는 것이다. 또 왕따에는 욕설을 포함하여 종종 물리적인 폭력과 금전의 갈취가 개입되기도 한다. 인간을 소외시키고 그 사회로부터 도태시켜버리는 아주 극악한 행위가 왕따이다.

사회적으로 문제가 되는 집단적인 따돌림 왕따와 묵빈대처는 같아 보이지만 크게 다르다. 묵빈대처는 사람을 바로 인도하려는 자비심에서 비롯된다. 하지만 왕따는 사람을 다치게 하고 해치려는 폭력이다. 같은 물이라도 소가 마시면 우유를 만들고, 독사가 마시면 독을 만든다. 보여지는 것은 비슷하지만 사람을 살리고 죽이는 차이가 있는 것이다.

남녀노소 어떤 조직과 사회에도 왕따가 존재한다고 한다. 그러나 마음 한번 바꾸어 먹으면 자신과 타인을 함께 괴롭히던 왕따에서 서로를 살리는 묵빈대처를 깨달을 수 있을 것이다.

"아난이여, 찬다카 비구가 자기가 하고 싶은 대로 말하더라도 비구들은 결코 그에게 말을 해서는 안 된다.
훈계를 해서도 안 되고, 가르쳐서도 안 된다. 찬다카를 위해 대중들이 침묵을 지키고 그를 상대하여 말하지 않도록 하라.
그러면 그는 부끄러움을 느껴 저절로 뉘우치게 될 것이다."

#　재미있는 지옥, 심심한 천국

　　　　　　　　　　　　산사에는 다양한 사람들이 찾아온
다. 방학과 휴가철에 접어드는 요즘은 많은 사람들이 산사체험을 위해
절을 찾는다. 이들 중 적지 않은 사람들이 자녀들과 동행하곤 한다. 주
5일제가 되면서 가족 동반의 여행이 많이 늘고 있다. 우리 사회도 점
점 가족들이 함께하는 경향이 다. 특히 외국 생활을 하다가 귀국하는
사람들은 대체적으로 가족 동반이다. 우리의 전통문화에 대해 이해하
고 체험할 수 있는 시간을 가족이 함께하고 싶어 하는 까닭이다. 외국
에서 생활해 보지 않은 사람들은 우리의 문화와 철학에 대해 폭넓고
바른 시각을 갖지 못할 수 있다. "숲에서 나오니 숲이 보이네."라는 말
처럼 숲 속에 있을 때는 그 숲을 온전하게 볼 수 없는 것과 같다.

　얼마 전 미국에서 오랫동안 생활하다가 귀국한 가족이 내가 사는 절에서 하루를 묵었다. 녹차를 마시며 이런 저런 이야기를 많이 나누었다. 늘 그렇듯이 외국에서 생활하는 한국 사람들에 대한 말이 빠지지 않는다. 한국 사람들은 여러 이민자들 중에서 과거와 현재의 두 가지 문화를 특이하게 공유한다고 말이 일치하게 되었다. 좋은 방향은 아니었다. 그저 자기가 편하고 쉬운 면만을 채용해서 살아가는 2중성 때문에 눈에 나는 경우가 많다는 것이었다. 인지상정으로, 이러한 일은 어느 민족이나 어느 나라에서 이민 온 사람들도 마찬가지일 것이다.

　하지만 그 정도가 너무 심하기 때문에 문제가 되는 것이다. 그 주된 원인으로 우리 민족과 전통에 대한 이해와 철학의 부재를 꼽았다. 근 현대사에서 우리만큼 풍파를 많이 겪은 나라와 민족은 많지 않을 것이다. 아직도 분단되어 있는 국토, 두 차례의 군사쿠데타, 4·19, 1950년 한국전쟁, 미군정, 일제 36년, 아직도 청산하지 못하는 친일의 잔재들…. 우리 민족의 문화와 전통은 지난 100여 년의 시간 속에서 끝없이 파괴와 혼돈의 회오리에서 벗어나지 못한다.

　한 나라와 민족의 정신과 현재의 역사를 대표하는 것이 지폐의 인물이라고 생각한다. 각 나라마다 건국에서 현재에 이르기까지 본받고 기억해야 할 위인들을 지폐에 새기고 있다. 대부분의 나라에서 숨결이 느껴지는 근 현대 인물들을 모셨다. 그런데 과연 어느 나라에서 우리같이 정서적·현실적 연결고리가 약한 중세의 인물들을 모시고 있는지 궁금하다. 근 현대의 두드러진 인물들이 항일독립과 민족운동가이기 때문에 회피하고 있는 것이 아닌가. 혹시라도 현대의 우리 국민들이 그런 분들의 정신과 실천력을 본받기를 원하지 않는 어떤 무리들이 있는 것인가? 실로 별 생각이 다 들기까지 한다.

외국에서 온 한 사람이 우리나라와 미국을 '재미있는 지옥과 심심한 천국'으로 비유했다. 자리에 있던 사람들이 다 공감하는 말이었다. 우리 사회는 늘 힘들고 고통스럽다. 그런데 이런저런 재미가 있다. 서로 위로도 하고, 함께 흉도 보면서 스트레스를 날려버린다. 한 마디로 사람 사는 맛이 있단다. 그런데 미국이라는 나라는 무척 심심한 나라다. 다른 사람의 삶은 완전히 별개다. 법대로 살면 별 장애가 없다. 그래서 사람들은 재미있는 천국을 바란다. 그 한 방법으로 템플스테이를 찾는다. 현재의 삶과 전통문화의 어울림 속에서 새로운 길을 찾아보는 것이다.

참고 견디고 기다리자

어떤 가난한 아이가 있었다. 그는 어느 날 큰 부자를 보았다. 그리고 그 부자처럼 많은 재산을 가진 사람이 되고 싶어 했다. 그러나 금방 큰 부자가 될 수는 없는 일이다. 아이는 급한 마음에 사로잡혔다. 큰 부자가 되기 위한 충분한 노력과 시간을 갖지 못했다. 그렇게 금방 뜻대로 되지 않자 아이는 홧김에 자신이 지녔던 작은 재물마저 물속에 던져 버리려 했다. 그것을 본 한 사람이 아이에게 타일렀다.

"너는 아직 나이도 어려 앞길이 창창한데 왜 그것을 물 속에 버리려 하느냐? 그 재물이 비록 적긴 하지만 네가 노력한다면 늘릴 수도 있지 않겠느냐."

한 번 급한 생각에 마음을 뺏기면 세상 모든 일이 그렇게 느리고 답답할 수가 없다. 세상도 사람도 다 마음에 차지 않는다. 그래서 어떤 때는 무작정 화를 내기도 하고 자포자기를 하기도 한다. 이렇게 급한 마음에 빠지면 자기 스스로 조바심을 견디지 못하고 안절부절못하다가 잘못된 판단을 내리곤 한다.

사람은 일생에 걸쳐 수많은 선택과 판단의 기로를 걸으며 살아간다. 어떤 선택과 판단을 하느냐에 따라 그 사람의 인생이 방향지어 지는 것이다. 그 선택이 소소한 일이라면 작은 결과를 가져오겠지만, 만약 아주 중요한 선택과 판단이라면 그것은 그 사람의 일생을 좌우하게 될 것이다. 일생을 좌우할 수 있는 선택과 판단은 매우 신중해야 한다. 깊이 생각하고 생각하여 나중에 후회와 불만족이 생기지 않아야 하는 것이다. 설혹 후회와 불만족이 따르더라도 기꺼이 감수하여 받아들일 각오가 있어야 한다. '진인사대천명(盡人事待天命)'이라고 사람이 해야 할 일을 다하고 나서 하늘의 뜻을 기다린다는 말처럼, 좋거나 나쁘거나 나타난 결과를 수긍하고 수용해야 하는 것이다.

불행과 불만족으로 자신의 인생을 이어가는 사람들 중에 적지 않은 사람들이 선택과 판단의 잘못을 후회하곤 한다. 그러나 그들을 더욱 불행하게 하는 것은 나타난 결과를 받아들이지 못하는 것이다. 그래서 끝없이 과거의 문제에 집착할 뿐 새로운 도전과 희망을 위한 에너지를 발동시키지 못하는 것이다.

"참고, 견디고, 기다려라." 동산 스님이 세상살이에 의지하고 살아가는 좌우명으로 강조하신 말씀이다. 불교에서는 이 세상을 참고 살아야 하는 세상이라고 하는데, 딱 뜻이 통하는 말이다. 그 사람은 이 세 가지 말을 다 같은 것으로 생각하고 있었다. 그래서 새롭게 해석을 해 주었다. 참는다는 것은 한두 번씩 오는 갈등과 고통을 잘 넘기는 것이고, 견딘다는 것은 반복적으로 참는 것이다. 하루를 참는다면 한 달이나 일 년같이 길게 이어지는 것을 견디는 것이고, 기다리는 것이란 본인이 목적한 바를 이룰 때까지 참고 견디는 것이라고 말이다.

빨리 부자가 되고 싶은 가난한 아이의 비유는 현재 우리 사회에도 잘 부합되는 이야기다. 모두 자기 자신의 어떤 미래를 꿈꾸지만 그 꿈을 이루기 위해 참고 견디고 기다리는 힘은 부족하다. 그리고 잘못된 선택과 판단으로 자기가 가진 작은 결실과 가능성까지 버리는 일들이 발생하곤 한다.

정말 자기 자신을 위하고 목적을 성취하고자 한다면 매일 주문을 외워야 할 것이다.

"참고, 견디고, 기다리자."

"참고, 견디고, 기다리자."

　　기도스님이 하루 자리를 비우게 되
었다. 새벽예불 모두 혼자서 도맡게 되었다. 그래서 참 오래간만에 도
량송(새벽에 사찰 경내를 목탁을 치고 염불을 하며 돌면서 대중을 깨우는 의식)과
종송(법당의 작은 종을 치며 하는 염불)을 직접 하게 되었다.

　　보통 입산 출가하면 행자라고 부른다. 이렇게 행자로 6개월에서
1년 정도 기본적인 수행을 하게 되는데, 정식입문 전의 예비교육단계
에 해당된다. 이때에 기본적인 예법을 포함한 사찰생활의 모든 것과
염불, 목탁 등 의식 전반을 익혀야 한다. 행자가 되어서 보통 2~3개월
정도 지나면 도량송을 시킨다. 그렇게 행자들이 1개월씩 돌아가며 도
량송을 완전히 익힐 수 있도록 한다. 도량송을 마치면 종송을 하게 되

는데, 종송은 도량송보다 좀더 연습을 많이 해야 한다. 새벽예불 때 도량송과 종송을 잘 할 수 있으면 그 행자는 염불의 기본은 갖추었다고 할 수 있다.

고요한 산사의 새벽을 여는 목탁소리와 종소리는 새벽예불의 백미라고 할 수 있다. 그런데, 그런 염불을 행자들에게 시키는 것은 새벽 일찍 시작하는 생활에 익숙하지 않은 행자들에게 중요한 소임을 주어 경각심을 주는 면도 있지만, 초심(처음 출가수행의 마음을 낸) 행자의 교육과 순수한 신심을 귀하게 여기기 때문이다. 조금 긴장한 듯하지만 정성이 가득한 행자들의 염불소리를 들으면 절로 초심시절의 싱그러움이 가슴에 가득하곤 한다.

이전에는 행자들의 교육을 산중의 어른스님들이 담당했다고 한다. 가장 경험과 덕이 높은 분들이 처음 입문하는 사람을 가르쳤던 것이다. 그러나 근래에 오면서 점점 젊은 스님들에게 그 역할이 내려가고 있다. 물론 젊은 스님들도 충분한 자격과 능력을 갖춘 분들이다.

하지만 어른스님과 젊은 스님을 대하는 행자들의 마음과 태도는 크게 차이가 있어 보인다. 요즘 들어 점점 늦어지는 출가연령으로 인해 10년 이상의 출가수행을 했다고 해도, 나이 차이가 별로 나지 않는 선배스님들에게 깊은 존경심을 일으키기란 쉽지 않기 때문이다. 반면 나이가 지긋한 어른스님들은 뵙기만 해도 저절로 마음속에서 존경심이 일어나곤 한다. 연륜과 수행의 깊이가 은연중에 풍겨오기 때문이다. 그래서 절에서는 "된장과 스님은 오래 묵을수록 좋다."는 말이 있다.

속가에서는 40대 중반만 되면 정년이라고 하고, 50중반이 넘도록 자리를 차지하고 있으면 도적과 같다고 하여, 사오정, 오륙도라는 말을 쓴다고 한다. 실제로 사람들을 만나면서 젊은 나이에 상당한 지위에 있는 명함을 받을 때면 내심 놀랄 때가 적지 않다. 너무 젊어지고 빨라지는 것이 아닌가 의구심이 들기도 한다. 어떻게 보면 중간고리가 너무 약하다는 생각이 들기도 한다. 너무 젊거나 너무 늦은 경우가 많아 보인다.

쓸 만한 사람들은 명예퇴직으로 다 빠져나가고, 젊은 사람들은 경험과 경력이 부족하다. 사람은 있는데 제대로 일할 사람이 없고, 경력자들은 그들의 능력을 사용할 적당한 일자리를 찾지 못하고 있는 것 같다.

사회와 나라가 제대로 되려면 초심자의 신선한 기상과 경력자의 경험과 연륜이 잘 조화되어야 한다. 그러나 우리 사회는 그 적절한 조화를 잃고 있는 게 아닌가 걱정스럽다.

나도 때론 울고 싶다

지은이　주경
2008년 4월 21일 초판 발행
2009년 2월 27일 초판 3쇄

펴낸이　박상근(至弘)
주간　류지호
책임편집　사기순
디자인　김소현
본문 사진　원우 스님
제작　김명환
홍보마케팅　허성국
관리　윤애경

펴낸 곳　불광출판사
138-844 서울시 송파구 석촌동 165-14 진양빌딩 2층
대표전화　02) 420-3200
편집부　02) 420-3300
팩시밀리　02) 420-3400

출판등록 제1-183호(1979. 10. 10)

ⓒ 주경, 2008
ISBN 978-89-7479-546-7. 03810
값 12,000원

독자의 의견을 기다립니다.
http://www.bulkwang.or.kr

잘못된 책은 바꾸어 드립니다.